COLLECTION FICTIONS

Ce fauve, le Bonheur
de Denise Desautels
est le cent deuxième titre
de cette collection.

La création de *Ce fauve, le Bonheur* a été rendue possible grâce à l'appui financier du Conseil des arts et des lettres du Québec.

L'Hexagone bénéficie du soutien de la Société de développement des entreprises culturelles du Québec (SODEC) pour son programme d'édition.

Gouvernement du Québec – Programme de crédit d'impôt pour l'édition de livres – Gestion SODEC.

Nous reconnaissons l'aide financière du gouvernement du Canada par l'entremise du Fonds du livre du Canada pour nos activités d'édition.

Nous remercions le Conseil des arts du Canada de l'aide accordée à notre programme de publication.

Ce fauve, le Bonheur

DE LA MÊME AUTEURE

«*Ma joie*», *crie-t-elle*, poésie, avec des dessins de Francine Simonin, Montréal, Éditions du Noroît, 1996.

Cimetières: la rage muette, poésie, avec des photographies de Monique Bertrand, Montréal, Éditions Dazibao, coll. «Des photographes», 1995.

Lettres à Cassandre, en collaboration avec Anne-Marie Alonzo, correspondance, Laval, Éditions Trois, coll. «Topaze», 1994.

Le Saut de l'ange (autour de quelques objets de Martha Townsend), poésie, Montréal et Amay, Éditions du Noroît et de L'Arbre à paroles, 1992; 2e édition, 1993.

Leçons de Venise (autour de trois sculptures de Michel Goulet), poésie, Saint-Lambert, Éditions du Noroît, 1990; 2e édition, 1992.

Mais la menace est une belle extravagance, poésie, avec des photographies de Ariane Thézé, Saint-Lambert, Éditions du Noroît, 1989.

Le Signe discret, poésie, avec des dessins de Francine Simonin, Lausanne, Éditions Pierre-Alain Pingoud, 1987.

Un livre de Kafka à la main, poésie, avec des photographies de Jocelyne Alloucherie, Saint-Lambert, Éditions du Noroît, 1987.

Écritures/ratures, textes d'atelier, avec des dessins de Francine Simonin, Saint-Lambert, Éditions du Noroît, coll. «Écritures/ratures», 1986.

La Répétition, poésie, avec des photographies de Irene F. Whittome, Montréal, Éditions de la Nouvelle Barre du Jour, 1986.

Nous en reparlerons sans doute, poésie, en collaboration avec Anne-Marie Alonzo, avec des photographies de Raymonde April, Laval, Éditions Trois, 1986.

: dimanche, poésie, Montréal, Éditions de la Nouvelle Barre du Jour, 1985.

L'Écran, poésie, avec des dessins de Francine Simonin, Saint-Lambert, Éditions du Noroît, 1983.

En état d'urgence, poésie, avec un dessin de Francine Simonin, Montréal, Éditions Estérel, 1982.

La Promeneuse et l'oiseau, récit poétique, avec une gaufrure et un dessin de Lucie Laporte, Saint-Lambert, Éditions du Noroît, 1980.

Marie, tout s'éteignait en moi, poésie, avec des dessins de Léon Bellefleur, Saint-Lambert, Éditions du Noroît, 1977.

Comme miroirs en feuilles, poésie, avec un dessin de Léon Bellefleur, Saint-Lambert, Éditions du Noroît, 1975.

Denise Desautels

Ce fauve, le Bonheur

Récit

l'Hexagone
Une société de Québecor Média

Éditions de l'Hexagone
Groupe Ville-Marie Littérature inc.*
Une société de Québecor Média
1010, rue de La Gauchetière Est
Montréal (Québec) H2L 2N5
Tél.: 514 523-7993 poste 4201
Téléc.: 514 282-7530
Courriel: vml@groupevml.com

Vice-président à l'édition: Martin Balthazar
En couverture: *Colin-maillard* de Sylvie Bouchard

Catalogage avant publication de Bibliothèque et Archives nationales du Québec
et Bibliothèque et Archives Canada
Desautels, Denise, 1945-
Ce fauve, le Bonheur
(Collection Fictions)
ISBN 2-89006-605-3
I. Titre.
PS8557.E727C4   1998   C843'.54   C98-940830-2
PS9557.E727C4   1998
PQ3919.2.D47C4   1998

DISTRIBUTEUR

LES MESSAGERIES ADP inc.*
2315, rue de la Province
Longueuil (Québec) J4G 1G4
Tél.: 450 640-1237
Téléc.: 450 674-6237
* filiale du Groupe Sogides inc.,
filiale de Québecor Média inc.

Dépôt légal: 3ᵉ trimestre 1998
Bibliothèque et Archives nationales du Québec
Bibliothèque et Archives Canada

© 1998 Éditions de l'Hexagone et Denise Desautels
Tous droits réservés pour tous pays
ISBN 978-2-89006-605-2

à ma mère

J'avais une blessure
comme on dit «une habitude»
et j'en avais une autre
pour faire diversion
puis une dernière, beaucoup plus simple
à titre d'exemple
j'avais trois blessures et
toute une vie
pour en additionner la douleur

Normand de Bellefeuille,
Obscènes

Quiconque adapte sa douleur à la passion de vivre a déjà un pied dans la fiction. Quiconque trace le chemin des pensées et du désir doit rester vivant.

Nicole Brossard,
Baroque d'aube

Liminaire

 Ce récit, je l'ai commencé à la manière d'une autobiographie. L'héroïne, c'était moi. Du moins, je le croyais, et cela m'effrayait. L'inutile souci de vérité, le doute qui à chaque mot m'assaillait, tout s'est ligué contre la continuation de ce projet. J'ai vite compris que seul le plaisir du texte, *avec ses avancées, ses reculs et ses retournements, pouvait mettre en mouvement l'obsession qui traverse le récit. Pour affronter le Bonheur sournois, il me fallait avoir recours à des forces vives, délibérément fictives, grâce auxquelles une autre vérité, plus légère celle-là, aurait une chance de s'imposer.* Mon héroïne devait pouvoir se débrouiller seule, s'aventurer en toute liberté dans cet univers «où tout est encore à vivre, où rien encore n'a été vécu» (comme l'écrit Suzanne Jacob), bien qu'il lui soit difficile, j'en conviens, de m'être tout à fait étrangère.
 Or, cette étrangeté familière que j'éprouve aujourd'hui face à elle me semble liée au plaisir même de la lecture. On ouvre un livre, en souhaitant son apparition.

À L'ORIGINE

Le 6 mai 1950, mon père est mort.

Cette nuit-là, une seconde insensée a marqué pour toujours la vie de ma mère, celle de mon frère et la mienne. En une seule seconde, notre monde a basculé, et toutes les autres qui l'ont suivie ont été alourdies par son poids de malheur. J'ai longtemps pensé que le temps s'était arrêté pour nous cette nuit-là, ou plutôt que son mouvement avait été ralenti par une charge exemplaire dont les effets avaient fini par se répandre partout, comme la peste. Les paysages, les pensées, la vie future, tout était empoisonné.

Le deuil oblige à dire, mais ma mère, elle, n'a jamais rien dit. En tout cas, rien d'important. Rien de cet air noir qui l'habite encore et dans lequel des bribes de conversation, des mots doux, les gestes les plus intimes tourbillonnent encore aujourd'hui, ni de la métamorphose qui s'est opérée en elle, jour après jour, presque à son insu, et nous a atteints, mon frère et moi. Le temps interminable, qui l'éloigne chaque jour un peu plus du 6 mai 1950 et de sa vie d'avant, de jeune femme, continue de se réfugier en douce derrière le double visage du souvenir et de l'attente.

Un jour, elle ira le rejoindre quelque part dans un grand Ciel où des étoiles leur offriront le repos de leurs branches. Un jour, elle ne sera plus cette femme seule, frôlant sans cesse le pire, se débattant comme une forcenée contre des monstres de toutes sortes, toujours inapaisée, en quête de réconfort.

En attendant, jour après jour, pour se sentir vivante, s'élever en quelque sorte dans son corps même au-dessus du vide, elle adresse à mon père un monologue amoureux, lui demandant, le suppliant parfois, d'intercéder pour elle – pour nous – auprès de Dieu. Ma mère, pourtant si humaine, a survécu à l'impensable, mais elle n'a jamais cherché à oublier. Désormais, de ce côté-ci du monde, son corps machinal avance – «parce qu'il le faut», croit-elle – sur une passerelle balisée par la mémoire et la mort, et se presse au-dessus de ses vertiges trop sonores. Dans sa tête, depuis cette seconde incisive, passent et repassent, se fusionnent même, à certains moments, les faits et les gestes inoubliables de son jeune époux et ses propres images de l'éternité.

Ailleurs résonne déjà en elle sous la forme d'une réconciliation.

Le 6 mai 1950, j'ai cinq ans et j'ignore que, *par le décret d'une volonté antérieure à la mienne*, je suis condamnée au Bonheur.

LES PREMIÈRES MORTS

Les anges roses

Le moindre écart, le moindre soupçon de liberté qui pourrait mettre le Bonheur en danger et on est rappelé à l'ordre... ramené dans le Bonheur pieds et poings liés...

Nathalie Sarraute,
Tu ne t'aimes pas

Oui, le Bonheur, la vigie essentielle au repos de ma mère.

Dorénavant nous sommes liées, solidaires, elle et moi, dans notre petite maison. Moi, sa fille, la proie alléchante. Le monde doit s'arrêter loin, très loin, bien avant de nous avoir entraperçues – on ne sait jamais, mieux vaut prévenir –, l'espace protégé, fermé, blindé autour de nous, dormeuses candides mais enlacées dans une chambre avec vue sur le parc Lafontaine.

Parce qu'elle veut rassembler dans sa voix, en un bloc compact, les dangers qui me guettent, hors de notre vie privée, hors de sa portée, ma mère répète inlassablement «le monde, la menace, les hommes».

«Tous, sauf un», mon père.

J'occupe maintenant sa place dans le grand lit, et son âme voyageuse – c'est ainsi que ma mère appelle ses morts – rôde alentour, nous veille, ma mère et moi, nous hante, nuit après nuit, ma mère la suppliant de ne jamais s'éloigner, la retenant de force, s'il le faut, avec son chant de sirène refusant l'abandon, articulant avec soin «la force... la force... la force... et la foi», prête à tenter l'impossible pour contrer l'absence du corps aimé, à s'effacer un peu plus chaque jour, à exorciser en elle le moindre mouvement de désir. «Ailleurs, distraite, désarmée», dira-t-on, quand l'urgence de vivre se sera tue en elle, ne l'emportera plus, et l'âme voyageuse de mon père continuera de pousser vers nous, nuit après nuit, dans l'étroitesse de ce lieu de famille, les voyelles et les consonnes irrésistibles du mot *Bonheur*.

«Des anges roses nous accompagnent», murmure ma mère, pour amadouer les mauvais rêves, la noirceur, les craquements et les ombres qui bougent sur les murs de la chambre. Des flammes éternelles. Qui m'effraient. Les anges roses ont ce pouvoir de reculer le fracas du monde, qui tient les cœurs en otage et risque de les ternir à jamais, «d'illuminer les vivants», dit ma mère, recouvrant ainsi leur deuil d'un manteau de Bonheur. Elle s'empresse d'ajouter «une chaleur insolite est venue se poser sur notre hiver sans fin». Cependant, jusqu'au creux des draps toujours blancs, toujours propres, l'âpreté du Bonheur sur chacune de mes nuits me garde, captive.

La vraie vie est ailleurs.

Les liens du Bonheur enserrent la douleur que je n'arrive pas à éprouver pour vrai, pour de bon. Ils en récusent le visage, le transforment à certaines heures du jour en caprice, «je veux... ne veux pas... n'ai pas envie», dans mon corps d'enfant qui ne connaît rien de la mort. Ou si peu. Que les mots feutrés qui, à certains moments, la nomment et font pleurer ma mère. Que les effets néfastes des voyages qui se prolongent indûment. Quand le Bonheur rougit les yeux de ma mère, je ne résiste pas à l'effondrement. D'instinct, je cours vers elle, me jette dans ses bras, comme on se jette aveuglément à l'eau, et ensemble nous nous enlisons.

Sous le poids du fauve, je me laisse étouffer: je ne peux ni me rebeller, ni tenir le coup, ni simplement *apprendre à être contente*.

À cause du Bonheur, plus rien n'a de légèreté autour de moi. Ni les gestes ni les voix.

«Reviendra-t-il?»
On dit «non», on dit «jamais», puis on se reprend «un jour», on insiste «parle-lui, il t'entend, t'aime, te protège, te fortifie, te suit partout, jusque dans tes pensées les plus secrètes, t'a prise sous son aile, comme on dit, pourrait même te consoler si tu le lui demandais... gentiment».

Mon père absent, en voyage, est là, infiniment bon, infiniment vigilant. Il continue d'être présent pour tout le monde autour de moi. D'abord pour ma mère. Sans comprendre, j'essaie de croire à l'image vertigineuse de mon père fait ange, de m'ajuster à sa façon discrète d'exister parmi nous, loin de son corps, mais quelquefois je devine, dans le regard des autres, un reproche, «l'enfant si jeune, si inconsciente, capricieuse, ne remarque pas la blessure de sa mère».

«Reviendra-t-il?»
Les liens sournois du Bonheur mentent, ne peuvent rien, vraiment rien, contre les bruits et les figures du souvenir: le son strident de l'ambulance; le vaste cri de ma

mère, cri rauque, cri noir, dont l'écho – je l'invente sans doute – se propage à travers les rues de la ville; l'hôpital, près du boulevard, où le cœur de mon père cède; sa chambre au septième étage, «regarde bien là-haut la chambre de papa», que je ne verrai jamais à l'intérieur; la cuisine bondée de parents, d'amis, de bras entremêlés qui encerclent le corps de ma mère, lointaine tout à coup, inabordable; le salon funéraire, rempli de roses odorantes, où l'on prie, où l'on pleure, où les caresses appellent les larmes qui appellent des surplus de caresses; le corbillard fleuri qui monte, va, avance jusqu'au cimetière sur la montagne, en pleine nature, avec sa fosse profonde dans laquelle le corps de mon père s'enfonce pour toujours; ma mère vêtue de noir le repoussant, ne prenant pas le crucifix d'acajou qu'on a arraché du cercueil, objet fétiche qu'on lui tend.

Ma mère, minuscule sur la montagne, survivante étonnée, infiniment légère, égarée parmi les vivants, ses yeux ruinés par les larmes, tournés tantôt vers le Ciel, tantôt vers la fosse.

«Nous le rejoindrons un jour», murmure-t-elle, en portant à ses lèvres ma main droite comprimée entre les deux siennes.

Dans mon souvenir, c'est un beau midi de printemps. Avec du soleil, des bourgeons déjà prêts à éclater, sur les branches des grands arbres, et des oiseaux qui gazouillent fort.

Le Bonheur.

Que pourrait-il y avoir d'autre quand le soleil masque les pires ténèbres? Trompeuse, cette rondeur du soleil, qui attire les mirages. Et les regards. Dans la voix de ma mère, elle est pire que tout. Que la mort même. Obscène, ravageuse, cette rondeur. Trop de lumière attaque, embrouille, surexcite les âmes enclines à la ferveur. La rondeur, le puits sans fond. La face tranquille de l'eau.

Très tôt, j'apprends à déchiffrer le langage des formes. Privilégier la ligne droite. Sa pureté aérienne contre les abysses du cercle. Le jour, la main expérimentée de ma mère va d'un point à un autre, oriente mon désir. Rassurée par des certitudes inattaquables, sa main prévoit et contrôle l'avenir, les corps, les cœurs blancs, sans fissure. Malgré les paradoxes de l'abandon de nuit. La vie bordée de murs. La vie étanche. La voie jalonnée de balises, quasi céleste, sur laquelle j'avance sans toucher terre, le cœur serré, la tête haute, mes yeux épiant la catastrophe imminente, sa résonance dans le couloir étroit. Je flotte. La main de ma mère fixée à mon bras, telle une boussole. Sa main et ses mots portent.

Surtout ne jamais toucher le fond. Ne jamais céder à l'attrait du mystère. Il y a déjà assez d'énigmes, de cendres, de trous noirs dans le paysage, contre lesquels on ne peut rien.

Non, je ne vois rien venir. Rien devant ne disperse mon regard.

Cependant mes doigts s'attardent sur les objets ronds qui décorent les lieux, mes doigts sans cesse attirés par la chaleur d'une forme, le dos du petit chien de faïence rapporté d'un voyage à Niagara par ma tante et placé en permanence sur la table du salon, à côté de la lampe et du cendrier de verre soufflé, mais surtout, surtout, le chapelet de ma grand-mère, avec ses perles enfilées à portée de mon désir. Un jour, avec mes ongles de petite fille, je gratterai, sans raison, la nacre rose de chacune des perles. Jusqu'à ce qu'il n'en reste rien.

«Pourquoi?... pourquoi?» me demande ma mère.

«Je ne sais pas...»

Aucune trace. Sans raison.

Mes doigts d'enfant, laissés à eux-mêmes, ont tout saccagé. Sans doute une violence élusive, trop longtemps éparse, s'était-elle ramassée, puis durcie au bout de mes doigts inoccupés.

Le soir, quand on est seules, ma mère me raconte le monde, la douleur des autres, inépuisable, comprimée chaque jour dans les faits divers des journaux, oui, la douleur des autres pour adoucir la nôtre, la rendre plus humaine. «Il y en a des plus malheureux, des bien pires que nous», c'est ce que veut croire ma mère, ce qu'elle veut que je croie. À la fin de l'histoire vraie, au moment de dormir, les mots de la tendresse, que je connais par cœur, que j'espère, se faufilent entre ses lèvres, «une petite fille propre dans son lit propre s'endort, et des anges roses l'accompagnent». La phrase magique distrait, écarte les marécages. Soudain l'extrême propreté de ma mère, et la mienne soulevée par ses mots, et celle de notre lit, et par voie de conséquence celle de notre maison embellissent le monde. Le purifient.

Il n'y a plus de mystère.

La blancheur de nos draps et de ma peau recouvre le malheur humain.

Un soir de chagrin, où mes larmes coulent sans retenue, la phrase magique marmonnée dans mon cou, puis au creux de mon oreille, apaise une fois de plus les mots terrifiants de l'histoire vraie à la une du journal, ce matin-là, la douleur des enfants perdus, affamés, grelottants, des jours et des jours engloutis sous la neige, dans la bourrasque et le froid, au bout du monde, avec leurs engelures, leurs peurs, leurs fantômes, bordés par leur petite sœur aînée, ce petit bout de femme si raisonnable déjà, bordés jusqu'à la fin. Jusqu'à l'arrivée des secours.

Ce mot *bordés*, si puissant dans la bouche de ma mère. Si lourd de conséquences.

Je pleure tout bas, doucement apaisée.

«Une petite fille propre...» pour amadouer les rêves de la nuit.

Le Bonheur gagne du terrain, la blessure se referme. Je suis une enfant aimée, enivrée par les mots et le parfum de sa mère, qui s'endort chaque soir parmi des milliers d'ailes roses.

Mon Bonheur piétine le récit des enfants perdus, abandonnés, leur mère morte. Il se tient là, farouche, à proximité de mon cœur, et ses mots influents passent sur toutes les lèvres qui s'entrouvrent autour de moi. Le Bonheur. On dirait un fauve prêt à bondir; on dirait la paix menacée. Plein de droiture, il ne voit pas venir les rêves de la nuit, ni leur tapage ni leur désordre, qui finiront par s'acharner contre lui. L'énigme prend forme, mousse bellement une matière poreuse, docile, facilement malléable.

Mes culpabilités à venir.

L'enfant trop émue s'endort avec ses larmes mêlées à celles de sa mère, avec parfois des intuitions qui viennent se heurter contre le mur protecteur, qui rebondissent par-ci par-là, puis se dissimulent dans l'ombre, à l'abri du soupçon, l'enfant condamnée à vivre, sans question ni réponse, dans la douceur et le trouble de la chambre maternelle, du lit maternel, au rythme des souvenirs maternels, bercée par les sons irrésistibles et cependant contradictoires du mot *Bonheur*.

La nuit, je suis séparée d'elle par le sommeil.

La nuit, à sept-huit ans, je fais des rêves singuliers qui ne se racontent pas. Une voix inconnue chante «tu t'envoles loin... nue... au milieu de mes ailes... avec ton désir», et son chant sème la confusion dans mon corps endormi, «elle le souille», dirait ma mère, si elle parvenait à entendre ce qui se trame en moi. Dans ces sons venus d'ailleurs, il n'y a plus de frontière entre le pur et l'impur. Tout devient possible.

L'inavouable me prend par surprise.

Le Bonheur se disperse.

Une voix pleine de tentations m'emporte, fait chavirer l'univers une fois de plus. Ma chair et mon cœur, elle les retourne. La petite fille s'atrophie. Elle n'a plus ni boussole ni âme. Une voix folle a poussé en elle, orchidée noire dans son ventre, a forcé l'étau de sa peur. Maintenant elle l'attire, nuit après nuit, à l'air libre, et l'entraîne avec elle dans une chute indolente vers ce qu'elle nomme «la vie». Une vie tout en nuances, inattendue. Le corps de la petite fille vibre fort dans ses rêves, et la voix le parcourt avec un bruissement langoureux qui lui donne le tournis, qui le tache. Loin de sa mère, de la propreté de sa mère, et loin de Dieu. Ses yeux de nuit se posent sur l'envers du monde, là où la chair petit à petit se dépouille. Sans mémoire, excitée par la vie chatoyante qui la frôle, elle voyage, s'envole loin. Ailleurs.

L'enfant, absorbée par l'inconnu, éprouve la vie comme un frisson. Elle n'est plus qu'une peau souple et frémissante qui se laisse prendre par le goût de l'air. De la caresse.

On l'a ensorcelée.

Juste avant la fin du rêve, la voix file en douce, laissant à lui-même ce corps de petite fille perdue, soudain désenchantée, seule au milieu de la mer, en train de se noyer, prise dans le roulement des vagues, glissant, glissant à vive allure sans rien comprendre, revenant sur ses pas, vers la mémoire et le tourment, dirait-on, une gueule grande ouverte tout près d'elle, essoufflée au large, rescapée au dernier moment, surprise au réveil dans des postures équivoques, son pyjama trempé, sa bouche offerte, sa mère l'ayant agrippée au passage, étreinte avec la chaleur de ses mille bras-ventouses et de son souffle, bruyamment caressée.

«Éloigner le monde, la menace, les hommes», répète la mère, sans cesse sur le qui-vive, parce qu'il lui faut jour après jour – sa petite fille grandissant, ses yeux allongeant leur trajectoire ou la déplaçant un peu – intensifier sa surveillance, se tenir prête à sonner l'alarme, alerter sa propre force. Sans doute la mère soupçonne-t-elle que le corps de son enfant est déjà peuplé de monstres et qu'il pourrait, par manque d'habitude ou par faiblesse, se laisser dériver.

De son côté, l'enfant à la fois attirée et effrayée par l'inconnu attend, chaque soir, l'audacieux retour de son rêve.

L'attrait, la frayeur, semblables à des ultimatums.

Tôt ou tard la fureur viendra. Sans compromission.

Déjà en elle un premier bourgeon s'est formé, petit bouton de rage qu'elle ne s'explique pas, qu'elle tente maladroitement d'enlever, d'exorciser à l'aide de formules.

Mais elles sont sans effet sur la rage, les incantations sans faille, apprises. La langue rugueuse du Bonheur résistera longtemps, jusqu'à ce que d'autres bourgeons, de plus en plus nombreux, de plus en plus tenaces, apparaissent. Irrévocables.

    Un jour, sa liberté éclatera.

    Un jour... si lointain.

L'enfant aura grandi, aura mis un siècle à grandir. Elle n'avait rien d'une Antigone. Mais les sollicitations se multipliant autour d'elle, se diversifiant aussi, elle aura eu le temps de distinguer les accents de sa propre rage et de son impuissance.

    De les reconnaître et de les apprivoiser.

Le petit mort

Vous m'avez reproché un jour d'être inconsolable...

Bernard Noël,
La Maladie de la chair

Pour mon père, ça s'était passé au rez-de-chaussée.
Dans mon souvenir, du moins.
Deux ans plus tard, nous descendons des marches, beaucoup de marches. Nous nous enfonçons. Dans le noir. Jusqu'au sous-sol du salon funéraire. Comme s'il y avait, cette fois, quelque chose à cacher ou comme s'il s'agissait d'un événement exceptionnel pour lequel rien n'avait été prévu et autour duquel on avait dû improviser dans l'ombre. Loin des regards. Loin de la vie ordinaire. Quelqu'un nous précède dans l'escalier de faux marbre. Un homme en noir, que je ne connais pas, ouvre une porte, puis une autre. Il nous invite – son bras droit levé, sa main droite, aux ongles qu'on dirait vernis, tendue vers l'avant – à pénétrer dans une pièce sombre, une sorte de coffre-fort, où une lampe suspendue dessine un cercle de lumière au-dessus d'une table de bois massif, placée au centre de la pièce.

Le petit cercueil blanc est posé là, sur la table.
Bien en vue dans le cercle de lumière.

Plus rien ne presse.
Nous restons longtemps immobiles, figés près de la porte entrouverte. Peut-être nous fallait-il du temps pour nous familiariser avec l'image de la petite boîte blanche, si émouvante dans ce sous-sol désert, et posée sur la table,

telle une corbeille de fruits; oui, du temps pour amadouer l'ombre autant que la lumière du lieu. «Dans ces moments-là, il faut du temps et du courage», répète chaque fois ma mère. Nous sommes en train de refaire nos forces, d'accumuler de l'énergie, de nous accoutumer à ce dernier visage de la mort. De l'apprivoiser à distance. Celui-là nous a pris par surprise, nous ne l'avons pas vu venir.

Il n'y aura pas de guérison miraculeuse.

Nous nous remettons en marche lentement. Si lentement. Nous sommes une foule silencieuse, des oncles, des tantes, ma grand-mère, ma mère, moi, l'unique enfant présente, ce jour-là, et nous avançons vers le cercle de lumière. Nous sommes une foule illuminée, ramassée, entassée dans une cathédrale miniature, sans vitraux ni grandes orgues, et nous avançons, et les murs répercutent les bruits de nos pas. Jusqu'à ce que nous nous immobilisions de nouveau, à quelques pouces de la table. Sans doute le courage nous a-t-il manqué. Aller jusqu'au bout était au-dessus de nos forces.

Ce calme tout à coup, malgré les battements précipités de mon cœur, malgré ce froid dans mon dos et nos silhouettes, plus grandes que nous, qui s'agitent sur le mur. Effarouchée, je ferme les yeux. J'aimerais partir, sortir d'ici, remonter à la surface du monde, à l'air libre, courir, fuir. N'importe où. Je ne veux pas voir le «visage embaumé» de l'enfant, dont ma mère m'a parlé hier pour me «préparer à l'événement», c'est ce qu'elle a dit, ni ses joues artificiellement gonflées ni son petit corps de momie.

J'ai peur des fantômes et de la mort; peur surtout des chimères qu'ils s'appliqueront à produire et qui s'immisceront dans mes rêves. J'en ai l'habitude, c'est chaque fois comme ça.

Derrière moi, des sons étranges, la cathédrale s'écroule, ma tante ne retient plus ses larmes.

Deux ans plus tôt, il fallait que ma mère «s'abandonne à son chagrin», que ses larmes «coulent à volonté», qu'on lui laisse le temps d'apprendre à renoncer, à «vivre *sans*». Certaines nuits, je voyais ma mère ensanglantée, fiévreuse, arpentant les pièces de la maison sans que personne ne sursautât. Vécue de cette manière, c'est-à-dire comme une chose normale, cette scène m'apprenait que la blessure était inguérissable, qu'elle ferait désormais partie de notre vie quotidienne. «Chacun doit porter sa croix», ma grand-mère le redit sans cesse à qui veut l'entendre.
Dans mon rêve, le sang de mon père recouvrait le corps de ma mère, et ma mère se léchait les bras, les mains, les ongles, en pleurant tout bas.
L'amour renfermait cette exigence.

Cette fois, c'est au tour de ma tante, c'est «son épreuve», «son abandon» que je reçois dans mon dos, juste avant que ses mains, ses bras, tout son être m'étreigne. Ma tante penchée, ses épaules recourbées, ses genoux vacillants, si petite tout à coup. Je sens peser son front sur ma tête, j'entends sa plainte, à ma hauteur, ses mots indistincts brouillés de sanglots, et son souffle s'enfouit dans mes cheveux. Comme si elle voulait me réchauffer. Comme si j'étais *quelqu'un d'autre*. Ma tante arrive enfin à articuler «le p'tit ange». Ne dit pas «le p'tit mort». Ne parle pas non plus de son âme voyageuse. Puis elle se reprend, susurre dans mon cou, c'est presque inaudible, «*mon* p'tit ange».

J'ai sept ans, je voudrais être dehors, revoir la lumière de janvier pétiller sur la neige, oui, jouer avec Lou dans la cour, juste derrière chez nous, transformer en igloo le banc de neige entassée contre le mur du hangar, rire aux éclats avec Lou, être rassurée au sujet de la clarté du jour.

Je ne sais pas si j'ai trop froid ou trop chaud.

Autour de ma tante et moi, les étreintes, les larmes, une rumeur, les petits anges foisonnent. Nous sommes envahies. Soutenues, l'une et l'autre, par des bras et des ailes, balancées, l'une et l'autre, par des corps qui connaissent bien les effets de la douleur. Le renoncement. La consolation. Les bras de ma mère se sont allongés, sont devenus des lianes, et ses mains nous ont empoignées, ma tante et moi. Je suis emportée par la vague, par un afflux inopiné de détresse, une danse macabre, et j'ai partie liée avec ce bloc de souffrance à soulager.

Avec le petit mort.

Ensemble nous fonçons à l'aveugle sur la table de bois massif, sur le petit cercueil blanc, illuminé. Nos trois têtes en chœur s'abaissent vers le corps, un corps sculpté, on dirait une statue, vers le visage embaumé de l'enfant, vers ses doigts de porcelaine dure, luisants et immobiles. Mes yeux ne reconnaissent plus les doigts d'ordinaire si alertes du petit ange, mes yeux embués s'évertuent à trouver un lieu, une image mouvante, vivante encore, et obliquent vers le souvenir, là où la vie continue d'être possible, là où elle reprend ses droits, allez-y... remuez... c'est l'heure du biberon, je veille... ça chante faux dans la maison... mais ça chante, refermez-vous avec délicatesse... sur mon pouce de petite fille... de grande sœur... ce pouce autour duquel s'entortillent déjà les oreilles du lapin bleu... comme d'habitude, comme les autres jours...

Quelqu'un d'autre.
Non, le ballon d'oxygène pendant des jours et des jours dans la chambre, de l'autre côté de la porte entrebâillée qui donne sur la cuisine, ce n'était pas pour moi. Les sanglots de ma tante devant le petit cercueil blanc, et ceux de mon oncle, hier soir, assis sur le banc en bois de rose, seul, derrière la porte entrebâillée, ma mère ayant mis son index sur sa bouche pour que je ne pose pas de questions, que je me taise, ce n'était pas pour moi. Pourtant cette chambre, je la connais bien, ç'a été la mienne, jusqu'à la mort de mon père.

Plus tard, pendant la grossesse de ma tante, mon oncle souvent absent plusieurs jours d'affilée, à cause de son travail sur la Côte-Nord, je passerai du lit de ma mère à celui de ma tante, me réveillant la nuit, blottie contre elle, me réchauffant le dos sur son gros ventre rond. Quelquefois ma tante me chuchotera à l'oreille «il bouge». Alors je sentirai un léger remuement, «sa p'tite patte s'étire... il prend ses aises», une chaude caresse dans mon dos, et je me rendormirai sur cette étrange sensation, ce miracle dans mon dos... un oiseau en train d'éclore dans le ventre de ma tante.

Nous ne saurons que le jour de la naissance, ça ne se voyait pas sur la radiographie, qu'il y avait un garçon et une fille dans ce gros ventre-là. Une petite fille chétive, beaucoup trop petite, qu'on a dû mettre dans un incubateur, pour la tenir au chaud, pendant des jours et des jours. Comme un œuf. Et un garçon joufflu qui souriait tout le temps.

Le petit mort, c'est lui.

Le petit mort, c'est aussi le premier vivant à être entré dans ma vie, dans ma maison, dans ma chambre, un matin du mois d'août, quelques semaines à peine après mon anniversaire. Le premier vivant que j'ai bercé. J'avais sept ans, j'étais orpheline, on m'avait déjà initiée aux plaisirs du bercement, et j'avais envie de les essayer sur quelqu'un d'autre. Quelqu'un de vivant. Je souhaitais surtout que la vie s'installe pour vrai dans ma maison. Sans bien savoir ce qu'était la vie. Quelque chose qui bouge sans doute, exige, salit, se hérisse, hurle même quand ça a faim, mais qui, par-dessus tout, occupe d'une manière joyeuse les esprits et les corps, attendrit sans faire pleurer, repousse loin les souvenirs, allège les gestes et les voix, fait sourire et rire autour de lui.

Une présence intarissable de nécessités et de plaisirs.

Comme la mère de Lou, ma mère et ma tante chantaient souvent depuis la naissance des enfants. Mon père s'éloignait, s'effaçait presque. Moi, en tout cas, je l'oubliais, j'arrivais à l'oublier tout à fait. Il y avait tant de choses quotidiennes, tant de détails auxquels il fallait penser. Vers cinq heures, le soir, au moment du bain, juste avant les biberons, la maison sentait bon l'eau de Floride et la poudre de bébé. Les serviettes blanches, toutes neuves, achetées exprès pour eux, et si moelleuses, recouvraient de la tête aux pieds les petits corps frileux que tenaient dans leurs mains ma tante et ma mère. Moi, je restais là, à genoux sur une chaise, les coudes appuyés sur la table, attentive à chacun de leurs gestes, de leurs désirs, de leurs rires, le plus souvent encombrante, humant les odeurs, le nez blanchi par la poudre, avec les deux lapins de peluche, l'un rose et l'autre bleu, serrés contre moi, attendant le signal, attendant, impatiente, le moment de mon entrée en scène.

«Ça va... tu peux y aller... ils sont à toi», disait ma tante, son visage teinté par le Bonheur, après les avoir installés côte à côte sur le grand lit, protégé par des alaises – chez nous, on appelait ça des «piqués» –, leur cou et leur tête soulevés par des oreillers recouverts de taies qu'on changeait tous les jours.

Je m'approchais sur la pointe des pieds, les yeux baissés vers eux, l'âme souriante, avec une douceur d'enfant heureuse, et mon cri de lapin qui montait, montait, dans un lent crescendo, les faisait rire aux éclats, et la peluche chatouillait leur nez, leur cou, leurs petits doigts, si mobiles tout à coup.

Tout était normal.

Nous vivions, nous aussi. Comme les autres.

Je disais «mon p'tit frère... ma p'tite sœur».

Un jour, l'enfant tousse, respire mal. En quelques heures, il ne parvient plus du tout à trouver son souffle ni le sommeil, il se tord de douleur dans son lit, c'est si soudain, si imprévu, on s'affole dans la maison, on en oublie le désordre, les fonds de café dans les tasses, le lait tiédi, les taches de confitures et les miettes de pain sur la nappe, sur le prélart, ma tante s'énerve, pleure, sa tête entre ses mains, marmonne que ce n'est pas possible, que son enfant est en pleine santé, qu'il est costaud, qu'il va s'en sortir. Quand la fièvre atteint des sommets incroyables, ma tante ne se possède plus, elle crie, hurle, divague...

«Il ne mourra pas... il ne peut pas mourir... je ne veux pas qu'il meure... vous entendez?»

Oui, nous entendons.

Penchée de nouveau vers lui, le prenant dans ses bras, avec une tendresse craintive, ma tante se force à se ressaisir, change de ton, lui parle tout bas «tu m'entends, mon p'tit ange... je suis là, c'est maman... *ta* maman... et tu es vivant... si vivant... si costaud», chantonne pour l'endormir, le soulager de son mal, le couve pendant des heures et des heures, s'ingénie à le sauver, son souffle fort et chaud dans le cou de l'enfant – on ne sait jamais – jusqu'à l'arrivée du médecin.

Or, le médecin diagnostique «une broncho-pneumonie d'une rare violence». Dans la maison, à cette seconde-là, on chercherait en vain le Bonheur. Il s'est éclipsé. Dépassé par les événements, le médecin lui-même ne comprend pas ce qui se passe, et ses yeux se promènent des yeux de l'enfant à ceux de la mère, fuient, errent n'importe où, essaient de se poser sur des portions de corps, elles-mêmes en mouvement, et ses yeux finissent par se perdre dans le fouillis de la cuisine. Ils ne trouvent nulle part d'objet sûr auquel ils pourraient se raccrocher. Son stéthoscope inutilement pendu à son cou, ses mains égarées au fond de sa trousse noire, ses phrases, ses mots bredouillés, le médecin tergiverse, s'efforce de chercher une solution, en soupèse quelques-unes, les rejette l'une après l'autre, puis se reprend, recommence, la bonne, oui, la bonne, la trouve enfin, du moins, c'est ce qu'il veut laisser croire.

Le lit de l'enfant, installé depuis toujours dans la chambre de ses parents, de sa petite sœur, est aussitôt transformé en lit d'hôpital, recouvert d'une toile légère, transparente, et muni d'un ballon d'oxygène.

Les doigts du petit mort restent inertes. La foule silencieuse ne parvient pas à les ranimer. Malgré ses larmes. Malgré ses prières, ses supplications muettes. Dans ces cas-là, l'amour humain est inutile. Dérangeant même. Il ne ressuscite pas les morts. On le sait. On a fini par le savoir. Et sans bien s'en rendre compte, on a mis de côté l'espérance. L'enfant ne vieillira jamais. L'enfant aujourd'hui désincarné, âme voyageuse, demeurera pour l'éternité un petit ange. Nous le savons. D'une certaine manière, nous avons consenti à sa métamorphose, en venant ici.

Au milieu des bras de ma mère et de ma tante, tout imbibée de leur malheur, je ne bouge pas, mes yeux mouillés, contaminés par leurs larmes, plongés dans le blanc, parmi les soies du petit cercueil, loin du visage ciré et des doigts de porcelaine.

Même les enfants meurent.

A-t-il froid? A-t-il faim? Reviendra-t-il?

Au fond de moi, je sais qu'il ne reviendra pas.

«Au Ciel, il est heureux... il n'est pas seul... ton papa veille sur lui... et nous les rejoindrons un jour», me dira ma grand-mère, son dos voûté, son menton dans mes cheveux, ses mains enveloppant les miennes, après ce qu'elle appelle «la sépulture des anges».

Comment mon père peut-il veiller sur un enfant qu'il n'a jamais connu? Je ne poserai pas la question.

Quand l'homme en noir s'avance vers nous avec discrétion – il a l'expérience de la mort, ça se voit –, qu'il s'approche de ma tante, sans bruit, comme s'il faisait de la lévitation, et s'incline vers elle, avec une douceur quasi théâtrale, le cri, le cri extensible derrière moi, le terrible «non» qui se forme et se déforme dans la gorge de ma tante, dans sa bouche, dans l'air, ne fait pas sursauter le petit mort.
Il ne laisse aucune empreinte.
L'âme a déjà pris son envol.

Plus tard, lisant *L'Enfant éternel*, j'ai repensé au lapin bleu, revu les petits doigts si mobiles qui s'élançaient vers lui et l'instinct de saisir, d'agripper l'objet convoité, qui s'était immiscé en eux. J'ai regretté que personne n'ait eu l'idée de le glisser parmi les soies, contre la joue gonflée de l'enfant, comme une douceur qui lui appartenait et qui l'aurait accompagné jusqu'au bout.

Les amoureux

Si délaissée
Que le jour n'a plus de raison
En pleine lumière

Tu admets l'évidence
Une phrase écorchée
Oui, j'ai mal

Louise Cotnoir,
Dis-moi que j'imagine

Mon premier été à la campagne. J'ai huit ans, et ma tante, comme une mère, veille sur moi pendant la semaine tandis que ma vraie mère gagne sa vie, notre vie. Notre Bonheur.

Dans le jardin, enfin ce qu'on appelle «le jardin», par manque d'habitude ou simplement parce qu'on a envie d'entendre ce mot *jardin*, de se l'approprier, d'en apprivoiser l'exotisme avec sa langue, les fauteuils de bois sont peints en vert. «Vert épinard», a dit mon oncle pour me taquiner, le jour de notre arrivée, parce qu'il sait que je n'aime pas les épinards, et j'ai fait la moue, une moue un peu câline, pour le voir s'approcher, me saisir, me soulever de terre, avec son rire coquin fouinant dans mon cou.

Les fauteuils sont profonds, spacieux, avec de larges accoudoirs où déposer un verre, une tasse, un journal. Je m'y assois souvent, seule, pour regarder ce qui se passe autour, au loin. Pour rêver. Un jour, j'aurai des enfants à moi, une famille, un jardin. Un jour, la vie s'offrira, libre et généreuse. Sans larmes ni deuils. Comme à la toute fin de *Cendrillon*.

Nous nous amusons, les petites voisines et moi, à placer les fauteuils à l'envers, deux par deux, et à les recouvrir de couvertures de laine, celles qu'on apporte d'habitude sur la plage. Aussitôt les fauteuils se métamorphosent, changés par miracle en huttes ou en igloos, petites maisons à la toiture basse, à l'intérieur desquelles nous nous racontons des histoires, inventant l'avenir à notre guise. Des murs de fiction nous protègent contre les intempéries. À ces moments-là, à l'abri des regards, nous sommes ailleurs. Invincibles. Sans doute ces fauteuils nous ont-ils permis de devenir, en quelques jours, «des p'tites amies», comme dit ma mère.

Nous détournons les objets familiers, en les incorporant à nos récits, nous jouons avec les mots, nous voyageons en eux, loin des souvenirs, portées par des images de joie, pendant que, dans la véranda, ma tante berce sa petite fille, son unique enfant cet été-là, pour l'endormir. Endormir surtout, dans sa propre chair, les pincements de son mal.

J'ai toujours envie que ma mère ne me quitte pas. Que les lundis matin d'abandon n'existent pas.

Ces matins-là, alors qu'il est encore tôt, qu'il fait encore noir dehors, la forme ronde que nous composons, ma mère et moi, dans la chaleur du grand lit, se brise. Le Ciel disparaît. Je reste seule dans un désert, m'agrippant à l'oreiller de ma mère, au lit, aux draps, aux odeurs laissées par son corps dans les replis de nos draps. Elle pourrait me quitter, ne plus revenir, s'en aller pour toujours, mourir même. Chaque fois, je me débats contre ma peur.

Reviendra-t-elle?

Dehors, «c'est l'heure des oiseaux, murmure ma mère, je te laisse avec eux».

Je ne réussirai jamais plus à les entendre, à cette heure, sans mélancolie, sans cette image de ma mère qui m'étreint avec force une dernière fois, et que je retiens, ma mère me chuchotant à l'oreille «je t'aime, ma p'tite chatte... il fait encore noir, rendors-toi... je reviens dans quelques jours... sois fine... fine... gentille... serviable... tu en as de la chance de passer l'été à la campagne... tant d'autres»; mais je ne l'entends plus, ma mère se levant, me laissant seule dans un trop grand lit, me larguant, ma mère sur la pointe des pieds faisant la navette entre la chambre et la salle de bains, ma mère déjà loin, que je sens bouger dans le noir de la chambre, ma mère refermant sa valise, avec des gestes réservés, ma mère faisant volte-face, penchée de nouveau vers moi, si affectueuse, m'embrassant une dernière fois, sa peau parfumée, l'odeur capiteuse de gardénia dans son cou et sur ses lèvres, puis s'éloignant à reculons, «je reviens bientôt, vendredi soir, ma p'tite chatte... rendors-toi... sois fine... fine», avec du mouillé dans la voix, avant de refermer la porte derrière elle.
Dehors, c'est l'heure des oiseaux.
Qui vont en bande d'un nid à un autre.

Il était une fois... une famille.
Mon rêve, mon unique rêve, ces matins de séparation.
Ma mère se tient tout près, heureuse, et mon père, mon père vivant, *le mien*, vient nous rejoindre, chaque vendredi soir à la campagne, et nous formons une vraie

famille, et nous faisons la fête, ma mère, mon frère et moi, quand il entre dans le chalet, les bras chargés de paquets qu'il dépose un peu partout, en criant «des victuailles et des surprises pour tout le monde», et ma mère se pend à son cou, l'embrasse, se cramponne à lui, et mon père heureux la serre dans ses bras, fait un pas en arrière pour la regarder, nous regarder à tour de rôle, du plaisir dans ses yeux, mon père accroupi m'accroche au passage, se relève en me prenant dans ses bras, moi, sa petite, son enfant ravie, mon père pivote sur un seul pied, me fait valser, m'entraîne à l'extérieur, au jardin, parce que l'air est bon, et mon frère et ma mère nous suivent à la queue leu leu, et nous nous assoyons en cercle dans les fauteuils spacieux, moi toujours dans les bras de mon père, et ma mère relate avec soin notre semaine à la campagne, nos repas sur la table de pique-nique grâce à la chaleur de l'été, les maringouins autour de nous, qui tournoient, nos rires, nos châteaux de sable sur la plage, nos avancées dans l'eau un peu froide du lac, et mon père radieux, satisfait d'être ici, loin de la ville, avec nous, me mordille le lobe de l'oreille pendant que ma mère cause, cause, mon père me berce comme autrefois...

... cet été de mes quatre ans...

... quelqu'un hurle «l'enfant se noie»...

et je glisse, glisse entre deux eaux, et mon père m'accroche au passage, me soulève, m'enveloppe dans une serviette de plage, mon père inquiet – son cœur battant toujours trop fort – sèche mes larmes, mes joues, mes cheveux, murmure des mots d'amour, sa lèvre noire, moustachue, pressée contre mon oreille, me caresse, masse mes bras, mes jambes, mon ventre, mon dos, ses grandes mains partout sur ma peau, me redonne vie, me berce jusqu'à ce qu'enfin je m'endorme.

Un dimanche soir à la campagne.
C'est le mois d'août. Le temps est frais, et les jours raccourcissent. Dans le jardin, nous avons placé les fauteuils par deux, face à face, de telle sorte qu'on puisse, une fois bien assis dans l'un d'eux, poser ses jambes et ses pieds sur celui qui lui fait face. Ce soir-là, nous sommes six, à l'abri sous nos couvertures de laine, six à veiller dehors, à surveiller le ciel, la Grande Ourse et la Petite, à rechercher l'étoile polaire dissimulée parmi des milliers d'autres, six à jaser, comme on dit, de choses et d'autres, en prenant une bière ou un seven-up, à répéter que l'air est bon, malgré sa fraîcheur, que le soir tombe de plus en plus vite, que l'été s'achève, qu'on ne peut en modifier le cours, que l'été a été beau et chaud mais beaucoup trop bref, «on ne l'a pas vu passer», comme tous les autres d'ailleurs. À nous écouter ressasser, sur fond de ciel, les mots qui nous rapprochent les uns des autres. Qui nous lient.
Nous formons le troisième couple, ma mère et moi.

Ce soir-là, il n'y aura ni feu de camp ni guimauves grillées sur la braise. C'est dimanche, la veille du départ. On se couchera tôt parce que ceux qui partent se lèvent tôt.

Mes oncles et ma mère.

Quand les silences se prolongent entre les phrases, des silences de campagne qui alanguissent les gestes, dans le noir émouvant du soir, parsemé de points blancs, mes oncles, sirotant leur deuxième ou troisième bière, se laissent aller à leur mollesse, leur tête bien appuyée sur le dossier du fauteuil, leurs mimiques équivoques faisant sourire tout le monde – et je souris, moi aussi –, mes oncles succombent à leur envie et caressent paresseusement, sous leur couverture, mais ça se voit, la main ou la cuisse de leur femme, de leur... amoureuse; et ma mère, ma mère seule... avec moi... l'air morose, promène ses doigts le long de ma jambe... et son attouchement me grise. Ma mère si jeune encore, si désirable, le corps plein d'obscurité sans doute, me caresse le mollet avec... douceur, car je suis... son amoureuse, ce soir-là comme tant d'autres, et nous sommes deux, nous aussi, sous notre couverture, et nous sommes bien, loin de la ville, à la campagne, à l'air pur, heureuses, si heureuses, elle et moi, rescapées d'un désastre déjà lointain, favorisées par la chance pour ainsi dire, tandis que d'autres... et nous sommes aimées par les oncles et les tantes, et l'été qui s'achève a été beau, et nous avons la santé, et nous avons un toit, et le bon Dieu est bon, et ses anges et ses saints veillent sur nous, et nous avons la nuit devant nous avant l'heure des oiseaux.

Lentement, pour elle autant que pour moi, je le devine, les fausses notes s'alignent. Les gestes de ma mère, malgré leur légèreté, ont la pesanteur de la mémoire, ils ne s'abandonnent pas, et la mélancolie tourne à la vraie tristesse, mais ça ne se dit pas, ça ne s'avoue pas, ça ne devrait même pas me traverser l'esprit. Le mot *tristesse* est à bannir, n'existe pas, pas pour nous, pas dans ma famille. Je suis une enfant heureuse, choyée, câlinée, cajolée par tout le monde, et ma tante m'aime, et ma mère m'aime, et je passe l'été dans un chalet au bord d'un lac – «p'tite chanceuse» – tandis que d'autres, tant d'autres...

Je devrais me laisser aller au Bonheur, à la libre invasion du Bonheur; ne pas lui résister.

Ma mère, si désirable, est seule sous notre couverture, et je le suis, moi aussi, de mon côté. Un gouffre nous sépare, qu'il serait invraisemblable de nier. Or, nous voilà soumises, prisonnières d'une image qu'on voudrait sereine, qui ment, nous le savons, mais cela ne se dit pas. Certains mots détruisent l'équilibre du monde.

Je ne suis pas son amoureuse.

Au moment où la tristesse occupe enfin mon corps, je sais, j'en ai la certitude, que je ne supporterai plus jamais les dimanches, le soir, l'été, le mois d'août, les amoureux aux étreintes voyantes, et jusqu'à la solitude de ma mère, jusqu'à la caresse de ma mère, qui s'attarde à fabriquer du Bonheur le long de ma jambe, de ma cheville, jusqu'à son désespoir de femme seule, infiniment seule, qu'elle ne réussit pas à refouler pour vrai, jusqu'à ses faux sourires, jusqu'à ses mots d'amour, trop lisses, trop polis, qui me ligotent, m'aspirent, m'avalent, jusqu'à sa voix mouillée ressassant ses mots d'amour, insupportable, sa voix sous ses faux sourires, jusqu'à ma détresse souvent factice – oui, il m'arrive de jouer – d'orpheline s'accrochant, tantôt avec naïveté, tantôt avec ruse, au pouvoir mystérieux des âmes voyageuses, jusqu'à ce Bonheur intraitable qui tente de masquer les brèches par où s'insinuent en moi de menues tristesses au pouvoir démesuré, toute cette vie d'enfant gâtée par défaut, cette vie-là, la nôtre, la mienne.

Lutter de toutes mes forces pour ne pas pleurer; de toutes mes forces pour ne pas hurler. Haïr dans le noir, les yeux fermés, sans même oser hocher la tête quand on m'interpelle. Haïr en silence, recluse au fond de moi. Haïr la vie, le Bonheur, la mort et ses conséquences. Avant de passer à autre chose. À l'oubli.

«Laisse tomber le masque du Bonheur, maman, et parle-moi de cette brûlure que tu ne pourras jamais apaiser. Maman... m'entends-tu?»

À cette époque, je suis incapable de formuler ni même d'imaginer ce souhait. Ça reste une boule opaque et dure, enchâssée au fond de mon cœur.

Dehors, c'est l'heure des oiseaux.

Mes oncles et ma mère sont en route vers Montréal. La voiture roule, sans moi, sur le chemin de campagne que je connais pourtant bien. La vie s'en va, continue ailleurs. Ici, le Ciel a disparu, le lit est désert. Par la fenêtre de la chambre, grande ouverte, la nuit se poursuit. Je vois les fauteuils, par deux, face à face dans le jardin, fauteuils vides, délaissés, presque noirs, et ma petite tristesse immédiate au pouvoir considérable vient se greffer à celle d'hier, encore tout active, oppressante. Je suis habitée par une douleur trop grande pour moi.

«Un mystère douloureux», dirait ma grand-mère.

Mais la haine que je n'ai pas pu nommer s'est volatilisée.

C'est l'heure du vrai chagrin.

Mon visage caché dans l'oreiller de ma mère, qui me sert de coussin sur le rebord de la fenêtre, mes doigts au fond de ma bouche pour qu'on ne m'entende pas, je pleure à chaudes larmes, je pleure sur moi, sur ma mère, sur cette vie-là, la nôtre, interminable et triste, sur ce vide que je porte en moi, ce trou sans fond, sur notre Bonheur trop insistant, trop différent de celui de Lou, trop exceptionnel.

Je deviens, ce matin-là, pendant les minutes qui suivent le départ de ma mère, une enfant inconsolable.

La grand-mère

> *Il y a certainement quelqu'un*
> *Qui m'a tuée*
> *Puis s'en est allé*
> *Sur la pointe des pieds*
> *Sans rompre sa danse parfaite.*
>
> Anne Hébert,
> *Le Tombeau des rois*

Le lit d'hôpital occupe presque entièrement le salon de ma grand-mère. Quand on veut se rendre à la cuisine, on doit le contourner, avec beaucoup de précaution, pour éviter que l'un des tubes qui retiennent ma grand-mère à son lit, à la vie, ne se déplace. Elle est étendue là, absente, inerte depuis des semaines, sa main droite posée sur son chapelet qu'elle n'égrène plus, son regard creux, ses enfants se relayant auprès d'elle, nuit et jour, car elle ne peut ni bouger ni s'alimenter seule. Ma grand-mère ressemble à une morte qu'on continuerait de veiller, de soigner, de laver, de nourrir à l'aide de tubes, parce qu'on aurait la conviction que la vie a des chances de resurgir en elle.

«On ne sait jamais... un miracle», répètent ma mère, mes tantes.

«Grand-maman est dans le coma... paralysée... au-dehors, son corps ne bouge pas, mais tu peux t'approcher d'elle... lui dire que tu l'aimes... que tu pries pour elle, on ne sait jamais... son cœur... sa tête... peut-être nous entend-elle encore», m'a expliqué ma mère.

Ce jour-là, ce petit bout de phrase, «peut-être nous entend-elle encore», me déconcerte. Ma grand-mère est sourde, il faut lui parler fort, très fort, afin qu'elle puisse nous entendre, malgré l'appareil acoustique qui la lie de nouveau au monde depuis quelques années. J'ai toujours été étonnée de la voir converser au téléphone, tenant de sa main droite le combiné à l'envers, le microphone posé sur sa bouche et le récepteur collé contre son cœur. C'est là, sur son cœur, qu'est installée la boîte de résonance qui enregistre les sons ramenés jusqu'à son oreille, grâce à un fil courant le long de sa poitrine et de son cou.

Dans son fauteuil près de la fenêtre, mon grand-père se bat avec ses souvenirs. Il ne semble pas comprendre ce qui se passe à deux pas de lui. Sa maison, pleine d'objets insolites, d'intrus, d'infirmières, et ses enfants qui arrivent, s'assoient près du lit de leur mère, leur regard fixé sur son visage immobile, se relèvent au bout de quelques heures et repartent, après les avoir embrassés, elle et lui, sur le front. Mon grand-père murmure, c'est presque une plainte, «Pauline... ma Pauline», et on lui répond, en parlant à voix basse, en mêlant avec une tendresse nostalgique ses mains aux siennes, «elle va mieux, papa... elle a besoin de repos... elle dort... les médicaments lui feront du bien, le médecin l'a dit». On lui répond par habitude. Chaque fois avec les mêmes mots, sur le même ton.

Mon grand-père a perdu la mémoire le jour où un caillot de sang a causé une embolie dans le corps de sa Pauline. Il ne se rappelle plus rien. Que ses très anciens souvenirs. Confondant, chaque jour, la voix chevrotante de l'annonceur à la radio avec celle de l'oncle Charles, mort il y a plusieurs années, revenant sans cesse et avec insistance, sur des histoires d'avant ma naissance, demandant et redemandant encore, chaque fois comme si c'était la première, ce qu'on a bien pu faire avec «l'horloge des tantes... au Sault-au-Récollet».

«Pauvre papa...», répète ma mère.

Les tantes, ses sœurs, mortes depuis des lustres, l'ont vendue avec la maison.

J'ai quatre ans, je crois, l'année de ma varicelle, et mon père est toujours vivant, bien qu'il n'apparaisse pas dans ce souvenir. Ma peau est recouverte de boutons aplatis, remplis de petites croûtes que ma mère enduit de lotion calamine pour soulager mes démangeaisons. Je porte un pyjama, des gants de coton blanc, et je ne me regarde pas dans les miroirs, parce que je ne veux pas voir ces centaines de petites marques sur mon visage, mes mains, mes bras, mon ventre.

Surtout ne pas en rêver.

Je vis dans ma chambre, dans mon lit, avec Alice, ma poupée, et juste une lampe de chevet, en attendant que ça passe, car «ça va passer, ma p'tite chatte, tu verras, rien n'y paraîtra plus dans quelques jours», dit ma mère. Mais les heures sont lentes à passer, et ça pique, ça pique partout. «Il ne faut surtout pas que tu te grattes si tu veux que tout disparaisse.»

Alice, à cause du pays des merveilles.

Ma grand-mère vient d'arriver.

Je reconnais son pas, sa démarche claudicante, depuis sa chute dans un escalier, sa parole et sa respiration de vieille dame. Je l'entends qui chuchote dans le vestibule, pendant qu'elle enlève son manteau et son chapeau en mouton de Perse, puis dans le salon, puis dans la cuisine, à deux pas de ma chambre, alors que ma mère, elle, à cause de la surdité de ma grand-mère, ne fait que feindre le murmure.

«Elle ne dort pas...»

«OH! OH! OH!... chut!... chut!...»

J'entends tout. J'entends leurs rires de connivence, le bruit saccadé de leurs gestes, jusqu'au frôlement d'une boîte de carton contre la robe de jersey turquoise de ma mère, sa «robe de maison», comme elle dit. Ça sent le mystère et le plaisir.

«Un cadeau pour moi?»

«C'est pour mon p'tit ange», dit grand-maman, en poussant la porte de ma chambre, en allumant le plafonnier. Ma mère la suit de près, le visage en joie, illuminé par son sourire des grands jours, que j'aime tant, qui me fait du bien; ma mère heureuse dépose délicatement sur mon lit la grosse boîte de carton, avec le mot *Eaton* écrit dessus. Je découvre vite, parce que je l'ouvre vite, que ce qu'il y a dedans ne vient pas de chez *Eaton*.

«Grand-maman a des doigts de fée», dit ma mère, la voix émue.

Oui, grand-maman a des doigts de fée.

Ça ressemble à un rêve, quand les objets désirés prolifèrent par magie. Je suis encerclée de papier de soie, enivrée par l'odeur des sachets parfumés, éparpillés dans la boîte par ma grand-mère, éblouie par les froissements du papier et des étoffes aux couleurs chatoyantes... pendant qu'alentour s'empilent les robes, les blouses, les sous-vêtements, les pyjamas, les jupons, les jupes, les gilets, les écharpes de laine, les manteaux, les chapeaux, les gants...

«Des cadeaux pour Alice», murmure grand-maman.

C'est encore plus beau qu'un rêve. Les yeux grands ouverts, je laisse flâner mes mains recouvertes de coton blanc sur la soie des jupons d'Alice, ourlés de dentelle par des doigts de fée, sur les lainages et les crêpes satinés de ses robes, et je colle contre mon oreille la fourrure gris perle de son manchon, celle d'un ancien chapeau de ma mère.

J'ai envie de rire et de pleurer.

«Le p'tit Jésus veille sur toi...»

Et je ris, et je pleure, émue à mon tour, bouleversée tout à coup par l'ampleur de la surprise, les parfums trop exaltants des sachets, la lumière trop éblouissante de la chambre, le sourire trop poignant de ma mère, et grand-maman me prend sur ses genoux, et grand-maman m'enlace, me berce, m'embrasse, me murmure à l'oreille, avec son ton et son débit de vieille dame attendrie par tant de Bonheur, «Alice est la plus adorable des poupées».

Ma grand-mère est une fée.

Le temps a passé douloureusement.

Ma mère a trouvé du travail dans une clinique de la rue Laurier. Pendant l'année interminable de mes cinq ans, après la mort de mon père, les choses sont bien changées, elle me laisse chaque matin, c'est sur son chemin, chez ma grand-mère. C'est elle qui me garde, qui s'occupe de moi, me raconte des histoires, toujours les mêmes, celles qu'on raconte aux enfants pour les soulager, les calmer, leur apprendre des mots et des phrases. Les effrayer un peu, avant de les éblouir.

Un matin, comme si elle l'avait gardée en réserve pour me surprendre un jour, ma grand-mère commence l'histoire de *Barbe-Bleue*, une histoire terrible qui me trouble, mais qui deviendra, entre ma grand-mère et moi, une histoire fétiche. Oui, chaque matin, «conte, grand-maman... conte encore... *Anne, ma sœur Anne, ne vois-tu rien venir?*» Ma grand-mère s'assoit dans le fauteuil de son mari, près de la fenêtre du salon, et ses yeux brillent quand elle m'attire vers elle. Aussitôt je me blottis entre ses bras, à l'abri de l'épouvante, et elle recommence, heureuse de recommencer, ça se sent, pour la énième fois, «il était une fois».

À force de répétitions, je finis par saisir, par intuition sans doute, que, par le biais de sa voix, c'est ma grand-mère tout entière qui raconte. Qui m'est offerte. Les détails scabreux de son récit ne se rendent jusqu'à moi que sous forme de vibratos, de frémissements, d'ébranlements de toutes sortes qui les métamorphosent en caresses. Je suis bien. Sur ma joue, mon cou, mes bras, les doigts de ma grand-mère scandent le rythme de ses paroles et, pelotonné contre son ventre rond qui me protège, mon corps frissonne.

Je suis bien, habitée par le chatouillis de son murmure et de son souffle.

Ce n'est que beaucoup plus tard que je comprendrai pour vrai le pouvoir trouble de ces manifestations physiques de la tendresse, lorsqu'elles sont associées à la voix.
L'ambiguïté du Bonheur.
Les caresses de ma grand-mère me bouleversaient parce qu'elles avaient partie liée avec l'arrachement, la peur, le cri, la mort, toutes ces choses qui bourdonnaient alors autour de moi et sur lesquelles on m'avait appris à fermer les yeux, et du même coup elles me fascinaient parce qu'elles me ramenaient vers l'enivrante expérience du bercement. Oui, le bercement rassure les enfants inconsolables, n'empêche qu'il rend à long terme leur deuil impossible. Ces caresses liées à la voix de ma grand-mère me retenaient sur la terre ferme, protégée mais aveuglée, au bord d'un précipice, comme si ce précipice n'avait pas existé. Pas pour moi, en tout cas. Les forces obscures qu'elles laissaient venir à elles, qu'elles appelaient même parfois, qui finissaient par grouiller dans les mots de ma grand-mère, dans sa voix, partout dans son corps et, au bout du compte, dans le mien, corps vulnérable d'orpheline, ne me concernaient pas.
J'étais subjuguée.
Les caresses liées à la voix de ma grand-mère écartaient la mort, la fin, l'inévitable fin de l'étreinte et de l'amour, c'était là leur étrange pouvoir.

Je ne serais plus jamais seule.

Ma grand-mère est sourde, mais elle n'est pas muette. À la douceur de sa voix viennent sournoisement se greffer des exigences de soumission et de perfection qui l'élèvent chaque jour un peu plus au-dessus du monde réel. Elle vit entourée d'images saintes, de statues et de crucifix avec lesquels elle s'entretient chaque jour, du moins, c'est ce qu'elle prétend. Ce dialogue, elle le poursuit aussi avec ses enfants, ses filles surtout, et avec moi, «son p'tit ange», sa filleule, sa petite orpheline. Ma grand-mère se fait insistante quand elle parle du Ciel et de la liste infinie de nos morts qui veillent sur nous, se tiennent à nos côtés pour nous indiquer le droit chemin. «Des anges gardiens», précise-t-elle. Qu'on ne doit pas décevoir.

Une fois, ses bras m'enserrent avec plus de vigueur que d'ordinaire, tandis que ses yeux fixent au loin la croix du Mont-Royal.

«Nous serons tous réunis un jour pour l'éternité.»

«Au Ciel?»

«Oui, au Ciel, mon p'tit ange...»

Ma mère me laisse chez ma grand-mère, avec des maux d'oreille qui me donnent le vertige et des larmes que je ne réussis pas à réprimer. Je suis si petite, ce matin-là. Ma mère pressée par le temps, inquiète, affolée par mon mal, oscillant longuement sur le seuil entre partir et rester, tâche de me rassurer, elle ne m'abandonne pas, «je ne t'abandonne pas... grand-maman reste avec toi... grand-maman va prendre soin de toi... ma p'tite chatte... ça va passer... tu verras». Ma grand-mère, à son tour, rassure son enfant blessée par la vie, lui prend le bras, l'épaule, la main, l'aide à franchir le seuil, «maintenant tu nous laisses, tu n'as rien à craindre... on va bien s'entendre, toutes les deux, hein, mon p'tit ange?... et maintenant tu t'en vas», en refermant la porte derrière elle.

Ma grand-mère improvise un lit sur le sofa du salon, «oui, grand-maman va s'occuper de toi... de tes petites oreilles», un vrai lit avec des draps blancs, frais repassés, une couverture de flanelle jaune, et elle glisse, sous l'oreiller de plumes, une image du frère André. Avant qu'elle s'éloigne de moi, son chapelet de nacre rose à la main, je la retiens et, haussant le ton de mes mots hésitants, «est-ce que c'est comme ça... qu'on devient... sourde, grand-maman?»

«Oh non!... bien sûr que non... mon p'tit ange.»

Ma grand-mère émue se penche avec difficulté, à cause de sa douleur à la hanche, m'embrasse, et son souffle me chatouille les joues. «Sois sans crainte... il va le guérir, lui... ton gros bobo», en posant ses mains ridées sur mes oreilles.

«Fais-lui une p'tite prière... il guérit tous les maux.»

Pendant que j'essaie d'oublier que j'ai mal, que j'ai peur, que ma tête est en train d'éclater; que j'essaie de toutes mes forces de me concentrer sur les pouvoirs magiques du frère André, j'entends les murmures de ma grand-mère récitant des *Je vous salue Marie*, articulant chaque mot avec une ferveur de sainte, égrenant son chapelet qu'elle a posé sur son ventre, assise dans le fauteuil de son mari, près de la fenêtre, les yeux fermés, comme si elle allait s'endormir.

Comme si elle allait mourir.

Un matin de mars, ma grand-mère est morte. Sans jamais avoir repris conscience. Elle est sans doute au Ciel. Sûrement au Ciel. Partie dans l'au-delà retrouver nos âmes voyageuses. Une de plus pour nous écarter de la tentation du mal.

Ma mère, à son tour, orpheline.

Ma grand-mère était une sainte, et le monde lui échappait.

Nous devions, à notre tour, échapper au monde, nous élever au-dessus de nos corps, en sortir, devenir des âmes, rien que des âmes, en lutte contre notre propre chair, le mal en nous, «la tentation du mal», insistait-elle, chaque fois que l'occasion se présentait, qui s'insinue pernicieusement en chacun de nous. Ma grand-mère nous prenait dans ses bras, nous pressait contre son ventre rond, nous enjôlait par sa voix, nous enrubannait de plaisir, en parlant de nos âmes aériennes, libérées un jour de leur poids de corps et de poussière.

Dans ses bras, on n'existait plus, emportés par son désir vers le chemin de sa vérité. Même la mort était souhaitable. Surtout la mort. Parce qu'alors on devenait des anges.

Ma grand-mère ne pensait pas, elle priait. Comme dans la chanson de Brel.

À quatorze ou quinze ans, je continuerai d'être attirée mais surtout de plus en plus alarmée par les voix qui me rappelleront la sienne, pressentant qu'elles portent en elles, camouflés sous des amas de caresses, l'absence, le poids du Ciel et la laideur du monde, l'effroi, la mort. La dureté aussi, telle une discipline, une manière de résister à la tentation du mal. Elles nous alarment pour mieux nous prendre, nous retenir, nous absorber en elles. Oui, ces voix susurrantes qu'on ne peut contredire sont des voix sûres d'elles-mêmes et de leur vérité.

Un jour, je pleurerai en lisant *Mon âme*, *Devant deux portraits de ma mère* et *Devant mon berceau*, impuissante à retenir mes larmes quand j'entendrai dans ma propre voix

Berceau, que n'as-tu fait pour moi tes draps funèbres?
Ma vie est un blason sur des murs de ténèbres,
Et mes pas sont fautifs où maintenant je vais.

Où vis-je? où vais-je?
Déboussolée.

Parmi le mobilier de deuil où je suis né.
Enlisée.
Dans le regret de vivre et l'effroi de mourir,
Et d'espérer, de croire... et de toujours attendre!

Plus tard, lisant et relisant les premières phrases de Bérénice Einberg, j'aurai l'impression que cette enfant me ressemble comme une sœur que j'aurais refusé de reconnaître, et tenté chaque jour d'étouffer.

Tout m'avale. Quand j'ai les yeux fermés, c'est par mon ventre que je suis avalée, c'est dans mon ventre que j'étouffe. Quand j'ai les yeux ouverts, c'est par ce que je vois que je suis avalée, c'est dans le ventre de ce que je vois que je suffoque. Je suis avalée par ce fleuve trop grand, par le ciel trop haut, par les fleurs trop fragiles, par les papillons trop craintifs, par le visage trop beau de ma mère.

À la mort de ma grand-mère, mon grand-père vient habiter chez nous. Il y restera jusqu'à sa mort, trois ans plus tard, se traînant du lit au fauteuil et du fauteuil à la porte d'entrée, qu'il entrouvre, même en hiver, surtout en hiver, où, plusieurs fois par jour, il va chercher l'air qui lui manque à l'intérieur.

«Papa...»

«On étouffe... ici d'dans...»

La nuit, je me retrouve maintenant sur le divan-lit du salon, que je partage avec ma mère, car il n'y a pas assez de chambres, car nous sommes de plus en plus nombreux dans cette maison minuscule, si propre, si ordonnée, dont ma mère et ma tante s'occupent avec tant de soin.

Au cours des premières semaines qui suivent son installation chez nous, juste avant l'heure du souper, mon grand-père toujours sans mémoire, dépaysé, marmonne avec tendresse «Pauline... ma Pauline», demande «est-ce que Pauline s'est endormie?... est-ce que Pauline a déjà mangé?... est-ce que...» Ma mère et ma tante baissent les yeux, se taisent, c'est voulu, s'affairent dans la cuisine, avec leurs gestes minutieux, soulevant à l'aide d'une poignée le couvercle d'une casserole, ajoutant un peu de sel ou de poivre dans la soupe ou la purée de légumes, remontant la flamme du gaz, muettes et impuissantes, incapables de répondre quoi que ce soit, espérant sans doute chaque fois que ce sera la dernière, espérant sans doute chaque fois, mais sans y croire vraiment, qu'un jour leur père recouvrera la mémoire.

Un soir, c'est plus fort que moi, «elle est morte... grand-papa... morte, tu comprends?... morte et enterrée... au fond d'une fosse au cimetière... arrête de te raconter des histoires... elle n'est pas ici, ta Pauline... elle ne s'est pas endormie, ta Pauline... elle ne mangera pas avec nous ce soir... elle ne reviendra plus jamais... JAMAIS... JAMAIS... TU COMPRENDS?»

À la fin, je hurle.

«Maintenant tu te tais», me dit ma mère, sur un ton glacial.

Le père de Cécile

> *Chaque mort bien comprise (y compris avec le plus grand des mystères qui est cette fin de cette vie pour tous) donne lieu à une autre première naissance.*
>
> Madeleine Gagnon,
> *Le Deuil du soleil*

Souvent cette année-là, après sa journée de travail à la clinique, ma mère passe en trombe à la maison, veut s'assurer que tout va bien, ma tante, sa petite fille, mon grand-père, moi, avant de se rendre à la course à l'hôpital où elle va prendre la relève d'une autre de ses sœurs, l'aînée, la mère de Cécile. Le malheur nous frappe encore. Après la mort de ma grand-mère, ça n'allait pas s'arrêter, on le pressentait et, à certains moments, on s'attendait au pire.

Mon oncle souffre de tuberculose, c'est grave, son état se détériore de jour en jour, il fait pitié à voir, enfin, c'est ce qu'on dit. Il va mourir, lui aussi, on le sait. «Maurice n'en a plus pour longtemps», ce n'est pas un secret, tout le monde le répète dans la famille. Il tousse sans arrêt, ne mange pour ainsi dire plus, maigrit à vue d'œil, paraît-il, on n'y peut rien, néanmoins il tarde à mourir.

«Et les enfants... les enfants... quand on est seule... c'est si difficile... on se demande chaque fois... on s'inquiète... on n'est jamais tranquille...» Ces mots prononcés tout bas par ma mère, je les entends souvent cette année-là.

Un jour de printemps, au téléphone, une seule petite phrase, «c'est la fin», à peine audible, mêlée aux larmes de ma tante qu'on essaie tant bien que mal, à l'autre bout du fil, d'encourager. Mon oncle tient bon, résiste encore, agonise pendant plusieurs heures et s'éteint lentement vers minuit, entouré par des femmes qui le veillent, en pleurant, en priant.

«Il ne restait de cet homme grand et fort qu'un p'tit paquet d'os, dira plus tard ma mère, perdu au milieu d'un lit qui semblait tout à coup immense.» Les dernières paroles de mon oncle, ses yeux grands ouverts au moment des adieux, sa respiration difficile, son râle si excessif, qu'on l'aurait cru faux, tout ça, on en reparlera beaucoup à la maison.

Le soir, on a beau s'attabler dans la cuisine, avec l'espoir d'entendre ou de dire quelque chose d'imprévu, de vivant, c'est inévitable, la conversation revient chaque fois là-dessus. On a l'habitude de commenter longuement la mort chez nous. Peut-être est-ce notre façon – toute simple – d'attirer l'attention du Bonheur. Il interviendra, on le sait, parce qu'il en aura ressenti l'urgence, mettant rapidement en contact dans l'au-delà nos âmes voyageuses avec la nouvelle venue, la dernière. Ma mère, de son côté, s'attarde sur la détresse de sa sœur, et le son de sa voix psalmodiant sans cesse les mêmes phrases, «que va-t-elle devenir?... elle n'était pas préparée à ça... on n'est jamais préparée à vivre ça», comme des leitmotive, témoigne d'une tristesse qui me surprend. Je ne comprends pas que son chagrin en cache un autre.

Ça, la solitude des femmes.

Comme elle, deux ans plus tôt, sa sœur aînée est devenue veuve, ce n'était pas prévu. Comme elle, c'est désormais une femme seule au monde, seule pour tout prévoir, tout organiser; seule, avec des enfants qu'elle devra réconforter.
Ma cousine Cécile, à son tour, orpheline.

Plusieurs années plus tard, sans doute étonnées d'être vivantes, d'avoir en quelque sorte échappé aux naufrages, nous reviendrons sur cette époque-là, en nous inspirant, Cécile et moi, du tableau de Géricault, *Le Radeau de la Méduse*.
L'une sera devenue peintre, l'autre poète.
Il y aura eu de longs silences, parce que nous n'habitions pas la même ville et que nous nous cramponnions, l'une et l'autre, je suppose, chacune à sa manière, à un certain Bonheur de l'oubli. Il nous aura fallu du temps pour nous raccrocher à un espoir, formes, couleurs, mots; pour ne pas disparaître.

J'entre dans un hôpital pour la première fois. C'est fou, je trouve que ça ressemble à une école, en plus pâle. Ici, à première vue, tout est blanc: murs, plafonds, stores, vêtements, serviettes. Même la religieuse qui prend l'ascenseur avec nous. Comment peut-on mourir dans un lieu aussi blanc? Je ne pose pas la question. Dans ce décor, ma mère fait tache, habillée de noir, comme d'habitude.

Sauf quand elle travaille à la clinique. Pendant que nous traversons un long corridor, elle me tient par la main, caresse nerveusement ma paume avec son pouce pour me rassurer, moi, sa petite, son enfant fragile, «c'est tout simple... tu verras... comme lorsqu'on prend une photographie». Je sais déjà, elle m'a tout expliqué à plusieurs reprises: l'appareil utilisé par le spécialiste, beaucoup plus gros qu'un appareil photo, plus bruyant aussi, les rayons X qui vont pénétrer à l'intérieur de mon corps sans douleur, sans que je m'en aperçoive, mes poumons en négatif sur la radiographie, comme ceux de Cécile la semaine dernière, puis l'examen en détail de la radiographie placée devant un écran lumineux.

Puis... rien. On s'en retournera à la maison.

Assises le long d'un mur blanc sur des chaises inconfortables, nous attendons, ma mère et moi, qu'on nous fasse entrer dans une petite pièce où il nous faudra nous déshabiller, avant d'être appelées, l'une après l'autre, dans la salle de radiographie. Nous sommes seules ici, les chaises de chaque côté restent vides. «L'une après l'autre, insiste ma mère, pour nous protéger contre les effets nocifs *à la longue* des rayons X.» Je l'écoute distraitement. Des médecins et des infirmières, l'air pressé, passent et repassent devant nous, sans nous voir, transportant d'un lieu à un autre, des flacons, des seringues, des tampons d'ouate et même un ballon d'oxygène. «Est-ce que quelqu'un est en train de mourir?» Ma mère se tait, elle a posé son doigt sur sa bouche. Non, sûrement pas, l'infirmière qui passe devant nous chantonne et me sourit, en poussant devant elle une civière vide. N'empêche que dans ma tête défilent les expressions employées à tout bout de champ par ma mère, *à l'urgence... en cas d'urgence... de toute urgence...* Devant le malheur, petit ou grand, il faut réagir vite, on ne chantonne pas, on n'a pas de temps à perdre.

Quand ils se croisent à quelques pas de nous, certains médecins échangent quelques mots que je ne comprends pas, comme s'ils parlaient une langue étrangère.

«Et s'il y avait une tache sur mon négatif?» Je ne voulais pas poser la question, elle m'a échappé. Je pensais trop fort au père de Cécile.

«Il n'y en aura pas... toi et moi, on est en pleine santé.» Le ton de ma mère est ferme. Inflexible. Pourtant sa main tapote affectueusement ma cuisse. Je penche ma tête sur le côté, l'appuie contre son bras. C'est vrai, elle et moi, on est en pleine santé, on ne tousse à peu près jamais, sauf quand on a la grippe. «Les hommes sont plus vulnérables que les femmes dans la famille», ça aussi, on le répète souvent autour de moi.

«Un simple examen de routine», me dit ma mère, sa main plus souple que sa voix, traînant maintenant sur ma joue, et je veux la croire sur parole bien que ce soit ma première radiographie.

Debout sur un tabouret, les épaules légèrement recourbées, les mains sur la tête, le menton posé sur une pièce de métal froid, je suis seule au monde, «on prend une grande respiration, on la retient... on respire», puis debout, tournée vers la gauche, les mains toujours sur la tête... puis... tournée vers la droite... «c'est fini»... je grelotte dans ma camisole blanche.

«Oui, c'est fini», répète l'infirmière, dans le silence saisissant tout à coup de la salle de radiographie.

Je rejoins ma mère dans la petite pièce adjacente. J'ai froid. Elle m'attire vers elle, en essayant d'égayer son sourire des jours tristes, m'assoit sur ses genoux, m'emmitoufle dans son écharpe de laine pourpre et m'enlace, son souffle dans mon cou pour me réchauffer, comme si j'avais encore cinq ans. Nous sommes seules au monde, elle et moi, à l'étroit, emprisonnées dans un placard aux murs blancs, et nous attendons le verdict. Je tousse. Ma mère tremble légèrement sous son tailleur noir.

«Ça va, dit l'infirmière, l'enfant peut se rhabiller.»

Comme Cécile, ni ma mère ni moi n'avons de taches sur les poumons. «Tout est beau... vous n'avez plus à vous inquiéter», c'est le médecin lui-même qui vient de le dire, l'air satisfait, debout face à nos radiographies placées en rang d'oignons devant l'écran lumineux, suivant avec son stylo refermé le contour de nos lobes et de nos alvéoles. Le médecin parle, parle...

J'apprendrai plus tard qu'ils ne sont pas toujours intarissables.

«Tout est beau... tout est beau... ma p'tite chatte... tu as entendu?... le médecin l'a dit... tout est beau», répète ma mère, en me serrant contre elle, sa voix lente, ses yeux illuminés posés en alternance sur le médecin et sur moi, «tout est beau», comme si la vie venait de nous être redonnée. Comme si elle n'y croyait pas encore.

LA VIE QUOTIDIENNE

Les grandes filles

La vie est un film, je l'ai toujours vue comme un geste ralenti qui court, se penche, stroboscopie sur les distances, effets de fumée, là où ne s'interrompt jamais la scène, tellement précise, peut-être belle, terrible image.

Hélène Monette,
Le Goudron et les Plumes

Dans la cour de récréation, un premier tintement de cloche.

Nous nous mettons en rangs, deux par deux, dociles. Les petites d'abord, puis les grandes. Nous attendons. Que la cloche sonne une autre fois. Avancer, nous diriger en silence vers la porte latérale de l'école Marie-Immaculée, la même toutes ces années, puis vers l'escalier intérieur menant aux étages, d'une infinie propreté, avec leurs corridors remplis de portes massives, leurs parquets cirés, leurs plantes vertes, rigides comme des statues. Presque fausses. Avec de surprenantes odeurs d'encens, qui viennent on ne sait d'où, et de produits de nettoyage.

Entre la première et la deuxième cloche, le silence me surprend chaque fois. Les secondes s'étirent, ne passent plus. J'aurais le temps de m'évader si on m'avait appris. Mais, à cet instant-là, pour moi, il n'y a pas d'*ailleurs*. Ni dehors ni dedans. N'existe que ce petit monde connu, resserré, bordé au sud par le parc Lafontaine. Lieu malséant, dangereux pour les petites filles, où je ne m'aventure jamais seule. Selon la saison, on dirait un tableau de verdure insondable ou un tableau de la désolation, blanc à rayures noires. Un décor en trompe-l'œil qu'on aura monté pendant une nuit d'octobre ou de mai devant la fenêtre de ma chambre.

Un *ailleurs* interdit. À cause de l'enfoncement toujours prévisible dans des sables mouvants.

L'école Marie-Immaculée occupe le centre de ce petit monde. C'est la mienne. Celle où, pendant des années, je serai surprise, chaque jour, par ce silence vertigineux, cette étonnante solitude entre deux tintements de cloche.

Ce jour-là, je fais encore partie des petites. Des petites qui ont déjà des habitudes, qu'on a initiées aux règles, de sorte qu'elles ne sont plus facilement effrayées par la peur du faux pas. Je connais bien ce lieu. La cour, les jeux, les tintements de cloche, le premier et le second, le déroulement de la cérémonie qui nous conduit en silence, par la porte latérale, vers l'escalier menant au troisième étage où se trouve ma classe, la 3e année A.

Ce jour-là – et pourquoi ce jour-là? –, la montée soudain se fait au ralenti. Me rappelle l'intervalle de silence entre les deux tintements de cloche. Le grand escalier s'allonge indûment, nous piétinons, comme si nous étions au cinéma – la mort interminable de Molière à la fin du film d'Ariane Mnouchkine. Comme si les images successives des écolières montant, deux par deux, le grand escalier devaient avoir le temps de s'accumuler en moi; le temps aussi de créer cette impression de durée, oisiveté nécessaire à l'activité tatillonne de la mémoire, à l'élaboration du futur souvenir.

Il réapparaîtra un jour, tel un épisode découpé en images fortes se frayant un passage entre deux blocs de présent.

«Le souvenir», dit ma mère.

Elle pense *espoir*, mais elle le ravale. En craint peut-être l'audace. *Souvenir* lui convient mieux. Porte mieux l'absence. La tragédie inavouée de l'absence. Ma mère prolonge la vie de ses âmes voyageuses, en prononçant «souvenir», avec une réserve dans le ton, sa main droite levée jusqu'à sa nuque, la massant avec nostalgie, à cause des lambeaux d'images qui s'y sont réfugiés. Ma mère enfoncée dans ses souvenirs. Des corps en différé rejouent en elle, entre deux blocs de présent, des scènes sans début ni fin qu'elle entrelace à sa manière. Des scènes presque audibles quand elles remontent jusqu'à sa gorge.

Les plus grandes me précèdent dans l'escalier.

La pellicule tourne au ralenti.

Long travelling sur l'usure des tissus, sur le froissé des chemisiers blancs et des tuniques marine, sur la nonchalance des gestes, accentuée par le ralentissement. Les plus grandes forment un bloc compact de silhouettes paresseuses. Puis leur image se fragmente, le décor devient flou. Ne restent plus que des mouvements épars, des portions de corps, un émiettement. Les plus grandes en pièces détachées. Gros plan d'une jambe où le bas a filé. Gros plan d'un ongle cassé, au bout d'un bras, d'une main qui ballotte en douceur. Gros plan d'une joue trop fardée, d'une paupière noire de khôl, d'une bouche rouge... d'une bouche de femme... lointaine... étrangère... en 12ᵉ année... et après... après... s'en ira... seule... quittera l'école... pour elle... c'en sera fini de cette vie... après... on ne sait pas... le monde... l'avenir devant elle... imprévisible...

maintenant... c'est moi...
grande... si grande... déjà...
moi qui monte devant... qui précède les petites...
en 12ᵉ année... moi...
est-ce possible?
déjà vieille...
je... quitterai en juin... c'en sera fini...
le monde... où?
lequel?
n'en connais rien...
l'avenir... à côté de moi... nulle part...
sans futur...
je... déjà... bannie...
sans nonchalance... seule... nuit...
frayeurs de petite fille...
quand l'ombre approche...
fin...
la mort au bout...
DEUIL...
l'odeur de la robe... noire...
toucher l'odeur... l'aspirer...
pause... la lame coupe...
le cours de l'enfance... petit fruit... la nuque frêle...

arrêtez...
pas appris à me méfier...
pas appris le deuil...
le khôl coule sur mes joues...
mon cou... mes seins de grande fille...
ma chair en trop... impure...
ce qu'il advient après...
tentation...
battements de mon cœur gros...
larmes... tant de larmes...
trop de battements... fous...
consolée, bercée, protégée...
maman... maman...
reviens...
le petit cercueil... blanc... le lapin...
le monde, la menace...
si vite fait...
l'a b c de la mort...
n'en sais... rien...
ne veux rien en savoir...
seule... vivre... vieillir... mourir...
sans caresse...
ne veux pas...
ne veux pas que ça finisse...
ô vertige...
la terre noire... la fosse...
voyageuse...
la petite orpheline a peur...
elle a froid...

Les grandes se sont engouffrées dans le corridor du deuxième étage, sans que je m'en aperçoive. Peut-être ont-elles voulu fuir mon regard posé sur elles. Son indécence. Son effroi. Le vide s'est repeuplé. Les parquets cirés et les plantes vertes ont repris leur place dans le décor. Cependant le présent défile encore avec un air de souvenir, une langueur, malgré le bruit de nos pas sur les parquets cirés, malgré la vitesse du mouvement, redevenue normale, autour de moi. J'ai la tête ailleurs, sonore, aux prises avec des relents bruyants d'images et de sensations, des pensées qui, pour la première fois, me dépassent, ou plutôt des intuitions d'apocalypse, qui défigurent le paysage.

Je ne veux pas que ça finisse.

Non, je ne veux pas.

L'enfance avance, ne revient jamais sur ses pas. Je resterai pour l'éternité une petite fille, bordée par sa mère, bordée jusqu'à la fin des temps. À mille lieues de l'enfer.

Dans mon chemisier blanc et ma tunique marine, debout sur le parquet ciré du corridor du troisième étage, enveloppée par des odeurs religieuses, je marche parmi d'autres, avançant dans le silence de notre vie quotidienne.

Si petite. Plus petite qu'à l'ordinaire.

La vie, l'espoir devant moi, tandis que la porte de la 3e année A s'ouvre. Nos pupitres sont là, tranquilles, avec nos crayons et nos cahiers d'exercices bien rangés sur les couvercles. Ça sent le printemps et les taches d'encre imprimées dans le bois. Des effluves qui apaisent. Pendant la prière, le bourdonnement des voix, entrecoupé de brefs silences, et le bruit régulier des chaussures à talons hauts de Mlle Coulombe sur les lattes du plancher me font du bien. Je redeviens une petite fille normale, bien assise à sa place, qui récite mécaniquement des *Notre Père*, des *Je vous salue Marie* et des *Gloire soit au Père*, son regard fixé sur les oiseaux qui vont d'un arbre à un autre, croisant les cinq fenêtres de sa classe.

Entre les branches, le soleil a plus d'éclat que d'habitude.

À quatre heures, je jouerai dehors avec Lou.

Ces pensées reviendront de plus en plus souvent, car les occasions seront nombreuses.

La Polonaise

C'est avec la sensation de mourir que je me suis endormie.

Clarice Lispector,
La Découverte du monde

Des infirmières et des hommes. Ceux-ci jouent aux dames dans la grande salle d'exercices de la clinique, avec des pions de ciment, en suivant des yeux ma mère qui leur apprend à se débrouiller seuls, à survivre à la catastrophe. Des brûlés vifs, des boiteux, des amputés, des greffés aux regards troubles. Ils se déplacent bruyamment, avec difficulté. Je ferme les yeux.

«Votre fille vous ressemble, le sourire en moins.»

Il y a de l'ironie dans la voix de celui qui parle, tandis qu'un pion en mange un autre, poussé hors du jeu par un pied blessé en voie de guérison, avec un grondement qui se répercute sur le terrazzo sonore de la salle d'exercices.

Le soleil s'infiltre partout, vient buter contre les corps accidentés qui jouent. Une fin d'après-midi de mars dans la clinique de la rue Laurier. Ici, tout est rires et bruits, tout est mouvement, mais le monde en marche piétine, comme si le futur n'existait pas et que la vie inintelligible allait sans fin se rejouer ici, petit cercle dans un autre, sans élucidation possible, se revivifier en vase clos, dans cet espace où chaque membre qui bouge se cogne à un autre, où chaque membre qui bouge atrophie les sons, le lieu.

«Votre fille a des yeux... des yeux de chat sauvage», lance une voix d'homme riant aux éclats. Autour de lui, les gorges en chœur se déploient «des yeux de chat sauvage».

Ici, «ils redeviennent des petits garçons...», dit ma mère qui, à son tour, me suit des yeux et tente de me rassurer, en cherchant à les excuser. Ici, on rit fort, et les rires gras qui se propagent d'un corps à un autre résonnent fort dans la salle d'exercices.

«Votre fille...» Encore et encore.

Je m'enfuirais, loin de la cacophonie de ce lieu et des membres fantômes qui s'agiteront longtemps dans mes rêves.

La femme en blanc qui se promène de l'un à l'autre, agile et efficace, répondant à leurs questions avec, dans l'intonation, une légère désinvolture, me confond. C'est ma mère, avec quelque chose de rusé que je ne lui connais pas. Moqueuse, ma mère. Sans doute est-elle mal à l'aise parmi tant de regards, mais cela ne paraît pas; son désarroi, elle le cache bien, élégante et menue sous l'uniforme blanc. Il a fallu qu'elle apprenne vite à jouer le jeu, à mentir, à esquiver les blagues et les gestes suspects, à évoluer ainsi avec une aisance empruntée sans éveiller le moindre soupçon. Elle gagne sa vie, la mienne, son Ciel, et elle va et vient, gracieuse, entre les hommes mutilés. Qui jouent.

«Tous, sauf un», la tragédie de ma mère. Et la mienne. Le grief égaré sous la peau oscille, n'a pas capitulé, balance encore entre l'acceptation et le refus. Entre l'avalanche de mémoire et une si infime tentation d'oubli.

De nouveau un pion en mange un autre.
Le monde des hommes. Le monde n'est pas beau.

«Ils jouent», me répétera ma mère, en sortant de la clinique, plus tard, beaucoup plus tard ce jour-là, ma main dans la sienne, à l'âge où je ne sais pas différencier leur jeu de mon désir.

La Polonaise me sourit. «Moi aussi, je ferme les yeux par habitude», et sa voix rauque continue de sourire. Si présente, la Polonaise, malgré sa légèreté, malgré le silence de ses pas mêlés à ceux de ma mère sur le terrazzo. Leurs pieds minuscules connaissent bien les lieux, habiles et discrets, ils se coulent, passent inaperçus entre les pions de ciment.

La Polonaise et la veuve travaillent ensemble depuis quatre ou cinq ans dans la salle d'exercices. Chacune occupée à l'intérieur d'elle-même à refaire le puzzle d'une vie, en dépit des pièces manquantes; chacune considérant l'autre, sans le dire, sans même se l'avouer peut-être, comme une alliée. La Polonaise et la veuve s'aventurent chaque jour dans le pays des hommes, leurs regards tournés vers l'intérieur, là où leurs fantômes se sont creusé un lit. Entre leurs lèvres pointent parfois des bribes de souvenirs. Impudiques, quand les jours allongent, les secrets dévoilés.

Au printemps, la mélancolie s'éveille, et bientôt une rumeur déferle dans le corps des femmes. La mémoire à l'affût prend de l'ampleur, finit par occuper l'espace. Rivée à elles, «la douleur est universelle», pendant qu'elles vont et viennent entre les hommes, leurs gestes adroits, leur uniforme blanc cachant leurs bras, leurs genoux. Leur détresse, leurs larmes refoulées. Se faufilant avec habileté entre les corps mutilés des hommes, il arrive que leurs regards se croisent, qu'elles s'observent l'une l'autre, avec admiration. Soignantes et apaisantes, elles ont l'humilité des femmes enfouies dans une douleur qui les protège contre les hommes.

La Polonaise revient de loin et laisse, par instants, s'échapper de sa bouche des éclats, des soupirs, presque des phrases, qui émeuvent ma mère. Comme les films de l'après-guerre. La caméra frôlant les corps de si près qu'elle semble les heurter. Entassés les uns contre les autres, chétifs et nombreux, délaissés. Une plaie unique les balafre tous. En gros plan, sur leur nudité, le grain calciné de leur peau multiplie à l'infini leur douleur intime. Plus tard, c'est sûr, on leur élèvera un mausolée.

La Polonaise est juive.

«Pour toujours», dit ma mère.

Un soir, je m'obstine à rester dans la cuisine, collée à elle, «une vraie queue de veau», comme elle dit.

Ma mère fait du repassage, éreintée par sa journée de travail à la clinique, ses yeux ailleurs. Elle parle à voix haute, mais on dirait qu'elle se parle à elle-même. Elle m'a oubliée. Ses gestes, ses mots languides, son corps de femme esseulée, debout devant moi, de l'autre côté de la planche à repasser, recouverte d'un molleton aux motifs fleuris, ma mère se laisse aller, raconte pour la première fois la détresse juive, l'horreur mise à nu beaucoup trop tard, à la toute fin de la guerre, l'épouvante, ce qu'elle en sait, ce qu'elle en devine, et refait pour ainsi dire l'histoire à sa manière, avec hésitation, laissant passer entre ses lèvres, entre ses mots, les soupirs de la Polonaise, avec une douleur qui lui lacère la joue, un rictus que je reconnais sur sa joue gauche.

Elle remonte à la surface, et son regard se pose sur moi, son enfant fragile. Ma mère se tait, essaie de se ressaisir, de me calmer, parce que j'ai le cœur gros, ça se voit. Très vite, elle poursuit parce que j'insiste. La douleur universelle fait dériver les continents et les émotions, s'empile dans la cuisine comme les chemises soigneusement repassées, puis se soulève, tourbillonne, nous encercle ma mère et moi, nos propres morts mêlés à d'autres morts lointains formant un groupe qui fatalement un jour nous assiégera. J'insiste sans bien comprendre pourquoi j'insiste. La voix de ma mère tremble, murmure «la honte», «les étoiles jaunes», «les corps déportés», «les bûchers», sa voix assujettie à des images de fin du monde superpose les visages de la douleur, le corps de mon père mêlé à des cendres qui ne le concernent pas.

Sa tête qui penche, son rictus, son abattement, ma mère livrée à la torpeur. À l'anarchie engourdissante des souvenirs. Proches et lointains.

Jusque dans chaque recoin de mon être.

Leur poids me fait frissonner, et ce frisson que mon corps escomptait, je suppose, enfin me berce. C'est si doux, c'est si intime tout à coup, et la voix de ma mère me frôle de si près, si désirable, et ses inflexions lentes me retiennent, me cajolent, s'immiscent jusque dans chaque recoin de mon être, et le frémissement de leur caresse me donne envie de rester là, parmi les débris de mémoire, incrustés dans la cuisine, de retarder encore un peu l'heure de la séparation, du sommeil, de l'abandon, j'insiste «raconte... raconte encore», et, souterraine, sa voix traverse les rhizomes, le cœur du monde dans le frémissement de la caresse, dans l'éparpillement d'une détresse qui soudain me grise.

Me sauve.

À dix ans, l'orpheline à fleur de peau a besoin de tragédies exotiques, a besoin de larmes inépuisables, de sentir sa chair accaparée par des larmes de toutes sortes, larmes de sel ou de plomb, ça sort de partout, c'est sans fin, ça confond tout, les hommes, la clinique avec ses pions de ciment, ses grondements, ses rires gras, ses membres fantômes suspendus dans un placard à la manière des femmes de Barbe-Bleue, les enfants perdus, bordés dans la tempête par leur petite sœur aînée, le maniaque au rasoir à la une des journaux, ce matin-là, l'hôpital où les petites filles n'ont pas le droit d'embrasser leur père pour la dernière fois, les végétations en flammes, le mot *Holocauste*, étonnant, si rond dans la bouche, le cimetière sur la montagne avec ses dimanches pluvieux de novembre, le visage ciré de mon père, l'arrachement final, et tant de silence, et tant de larmes dans la gorge de ma mère.

Ça engourdit. Ça apaise.

Les hommes se sont dispersés.

«À cinq heures, au mois de mars, les rayons du soleil prennent des chemins de traverse.» La Polonaise commente la lumière à mon intention, en fermant machinalement les stores de la salle d'exercices. «Au printemps, ils se font du théâtre et finissent par se livrer à leur public. Les rayons du soleil ont une âme qui nous rapproche de la nôtre.» Puis elle se tourne vers moi, me regarde avec bonté, et ses mots ne dévoilent rien d'autre qu'une indulgente humanité. À travers sa voix, son accent, ses yeux, la Pologne se rapproche de moi. Le bout du monde à portée de ma main. Le tatouage sur son bras, je ne le vois pas, je ne veux pas le voir.

La douleur universelle à portée de ma main.

Pour toujours.

L'histoire menaçante vire en accéléré, s'expose, expose sa marque sur le bras de la Polonaise. Ce qui a survécu à l'épouvante des fleuves et des océans, je ne veux pas le voir.

Assise sur le bureau des infirmières, impatiente, je guette ma mère et détourne la tête quand les hommes réapparaissent, défilent devant moi, grotesques, grimaçant, sautillant, boitillant jusqu'à la porte, leurs rires gras jusqu'au dernier claquement.

Puis rien. Que le silence. L'écho du silence sur les murs de béton de la salle d'exercices.

Des pions au repos perdus dans l'immensité de la salle.

La Polonaise et la veuve vues de loin: cheveux noirs, cheveux roux, leurs peaux claires se confondent. Des sœurs étrangères penchées l'une vers l'autre, leurs reins cambrés, leurs bras tendus, dessinent des formes dans l'espace, des arcs blancs dans la noirceur de la salle. Si loin de moi, ce pont au-dessus du vide. Qui tangue. L'inaccessible corps de ma mère.

Il faudrait allumer, faire fuir le souvenir des hommes, leur mascarade, leurs ombres, leurs prothèses en forme de mains, de bras, de jambes qui traînent ici et là, et me séparent d'elle. Des morceaux de faux corps à la dérive. Des relents de sueur, de fumée de cigarettes, d'histoires et de questions louches, de rires gras dans l'air. Des odeurs d'hommes poilus et de fauves.

«Votre fille...»

Frileuse, je glisse, je m'enfonce dans mes images. L'imagination à fleur de peau, l'orpheline a froid, a besoin d'air, d'espace, de lumière, de mots, elle crie. Le Bonheur distrait s'est éloigné. Des anges et des cadavres sont apparus, et bientôt ils se mettent à s'étirer, à grandir parmi les membres d'acier. Des petits dessins, des chiffres d'encre marquent leur simili-peau.

«Ils jouent.»

Je crie.

Le trou noir soudain. La vraie solitude sur la noirceur du monde.

Les deux femmes encore au loin ont changé de costume, sont passées de l'uniforme blanc au tailleur noir, avec des gestes qui n'ont pas laissé de trace. Elles n'ont pas été alertées par mon cri, ni ne sont venues à ma rescousse. Rien n'a bougé dans la salle d'exercices de la clinique. Les stores fermés ont immobilisé l'air et attiré la nuit.

Dans les faits, je n'ai ni glissé ni crié. Juste imaginé une solitude tangible qui m'emportait avec elle.

La voix de ma mère remonte en moi avec douceur, comme si nous étions encore dans la cuisine, se ramasse en boule, se love près de mon cœur gros, berce, berce, raconte, pour moi toute seule, la détresse humaine, les abat-jour de chairs tressées, l'or fondu des joncs et des dents, les trains dans la nuit, la terrifiante nudité de la peau et des os, la chair en fumée du mari de la Polonaise.

Pour toujours.

Peut-être le matin refusera-t-il d'apparaître.

Ma mère m'appelle, de l'autre côté du monde, «viens», me surprend en pleine voltige, s'avance, vient plus proche, encore plus, me saisit, me prend la main, l'épaule, le cœur, m'enlace, «viens... viens... on est prêtes», m'attire dehors, un dernier claquement derrière nous, mon corps sur la ligne d'arrivée, l'air libre, la lumière tranquille d'un long jour de printemps, les rayons obliques du soleil devant, le sourire de la Polonaise qui marche à ma droite, la tête haute, ses cheveux noirs ébouriffés par le vent, ma mère tout près, vulnérable, ayant reconnu le vertige familier de sa petite orpheline.

Le fiancé

Désormais je connais ce grand effarement d'être vivante, en ayant comme seul soutien précisément le désarroi d'être vivante.

Clarice Lispector,
La Découverte du monde

Sous le soleil de six heures, il est encore vivant.

Il vient de s'éloigner du bord, calé dans l'anneau de sa bouée de sauvetage, l'œil taquin, visiblement heureux. Ses mains semblables à des rames frappant avec force l'eau calme du lac, il s'éloigne à pleine vitesse, riant comme un enfant qui a envie de s'amuser, d'inventer pour lui seul une île au loin. Inatteignable. Il vogue en solitaire sur un navire qui pourrait bien couler à pic au milieu de l'océan.

Heureux sans doute d'être là, enfin, en vacances, libre et amoureux, arrivé très tard sur la plage, ce samedi de juillet.

Elle, attendrie, le regarde partir, prendre le large, faire semblant de se perdre au milieu d'un lac qu'il ne connaîtrait pas; elle joue le jeu, amoureuse elle aussi. La vie devant elle a un visage, un corps, une folie. Devant elle, l'éternité d'une vie entière. Elle joue, comme on joue sérieusement avec un enfant, entre de plain-pied dans la fiction du navire, de l'île au loin, du grand voyage, oui, elle le regarde s'enfuir au bout du monde, se foutant de tout, lui faisant au revoir de la main.

Un dernier adieu.

Pendant qu'il rapetisse de plus en plus.

L'eau du lac Maskinongé miroite d'une manière insensée. Si elle ne s'était pas à son tour écartée du bord, puis retournée, après son au revoir, elle ne pourrait même plus distinguer, parmi les étincelles de lumière, cette tache sombre que fait au loin le corps de son fiancé, engoncé dans l'anneau de sa bouée de sauvetage.

La plage encore chaude est presque déserte. Seuls, quelques jeunes couples arrivés en même temps qu'eux, des amis vers lesquels elle revient s'étendre après avoir joué le jeu, s'y attardent. On entend, par moments, surgi du silence exceptionnel de cette fin d'après-midi, l'écho de leurs rires se répandre dans l'air.

Sous le soleil de six heures, j'ai dix ans. Un peu en retrait sur la même plage, le corps étendu, paresseux, j'essaie de me concentrer, d'oublier l'écho de ce Bonheur au loin, de remplir de mots une autre page de mon cahier recouvert de vinyle noir, une de plus, la neuvième, plus ardue que les autres à venir, sous les rayons obliques de ce soleil-là.

La neuvième me résiste, ne vient pas.

Sur les huit premières pages, l'histoire de notre aménagement à la campagne, la veille de la Saint-Jean, comme chaque été, dans le chalet de ma tante, les retrouvailles, la description des lieux que je connais par cœur, un bulletin météorologique avec, dans la marge, des esquisses de soleil ou de pluie, que je dessinerai avec plus d'application et en couleur dans ma lettre à Lou, mais surtout, surtout, le moindre détail au sujet du fils aîné de nos nouveaux voisins. Plus de trois pages sur le plus beau des fils, plus âgé que moi de quelques années, un garçon presque sourd, à la démarche lente, auquel mon regard s'accroche dès qu'il met les pieds sur la plage.

«Des jeux d'enfants... des jeux bêtes... un accident...» a dit sa mère à la mienne, sur un ton voilé.

«Il a la démarche lente des enfants sourds», m'a dit ma mère.

Sur la neuvième page, ce samedi de juillet, les mots, ceux qu'il me faudrait alors, inspirés et délinquants, ne viennent pas. Le Bonheur astucieux les tient à distance. Me tient à distance du vrai visage de la mélancolie. De la connaissance. De l'éternité vulnérable d'une vie entière. De ces petites flèches qui très tôt atteignent l'âme. Même après l'hécatombe, toutes ces disparitions soudaines autour de moi, je ne sais pas écrire au sujet de l'âme. Je ne sais ni interroger ni penser cet inguérissable de l'âme. Comment on arrive à parler de l'intérieur, à soulever, l'un après l'autre, les bâillons de silence qui recouvrent sa propre voix, après avoir crevé la surface lisse de l'émotion, je n'ai pas appris.

Le mot Bonheur fait une tache dans mon cahier noir, ce jour-là de juillet, et je ne comprends pas.

Je ne connais rien de cette langue vertigineuse, qui déplacerait les rayons obliques d'un soleil fou, la plage à peu près déserte, l'écho de ce Bonheur au loin, qui se propage jusqu'à moi, cet homme seul s'éloignant, si frêle tout à coup, engoncé dans l'anneau de sa bouée de sauvetage,

comme un enfant qui joue, cet homme amoureux que j'avais repéré de très loin, mon regard aussitôt saisi par le balancement désinvolte de son bras gauche, sa tête inclinée, sa démarche lente, dégingandée, lorsqu'il descendait vers la plage. Elle et lui se tenant par la taille, leurs amis alentour.
 La liberté, l'amour, l'éternité d'une vie entière devant lui.

 Mes paupières refermées ne retiennent qu'une image: cette main de la fiancée en arrêt, suspendue dans l'air, tel un drapeau, à la toute fin de l'au revoir. Au moment de l'irréversible, lorsque s'achève le beau mensonge de la fiction. Lorsque le Bonheur se fait insistant et superpose son cercle opaque au-dessus du soleil.
 Mes paupières salées, comme si devant il y avait la mer, la neuvième page reste blanche.
 Au loin, une tache qu'on ne voit pas.

 «Une tache au loin», hurlera ma mère, quand on remontera le corps à la surface; quand on entendra le cri, l'unique cri de la fiancée. Oh! cette tragique clarté, si brusque, si imprévue, dans la gorge de ma mère, son cri d'affolée, son cri fou et cependant limpide, se mêlant dans mon souvenir à celui de la fiancée.

 Plus tard, je tente de la retenir, près de moi, mes bras l'encerclent, voudraient l'enlacer pour l'éternité, mais ma mère me repousse, ne me voit pas, aussitôt refermée, ma mère s'éloigne, s'en va, court éperdument vers le corps qu'on vient de déposer sur le sable, comme s'il s'agissait d'un autre, du corps aimé, à l'autre bout de la plage, et je la suis, et je cours, effrayée, doublement orpheline, ce samedi de juillet, pendant que des gens alertés par le cri ou la tache accourent de partout, viennent se placer en cercle autour du fiancé.

L'orpheline imaginaire

> *Juif: dans les pires moments de doute, ce simple mot m'évitait la noyade. J'étais marqué, individualisé: j'échappais au sentiment vertigineux de ma propre dissolution.*
>
> Alain Finkielkraut,
> *Le Juif imaginaire*

Non pas juive mais comme on le dit, le redit autour de moi, «orpheline».

Sur le plateau Mont-Royal, à la maison, à l'école, pour tout le monde, mes petites amies, ma grand-mère, mes tantes, ma mère, je suis «orpheline». L'Histoire rapetisse d'un seul coup, prend les dimensions ridicules de mon destin. À cinq ans, je suis une enfant marquée, *enfant sans père,* fragile, si fragile, à manipuler avec soin. Dans mon souvenir, les femmes qui m'entourent ont les doigts habiles des dentellières, et mon corps délicat est sensible à l'attention excessive qu'elles lui portent à tour de rôle, à leurs doigts subtils et caressants qui forment sur sa peau de petits dessins imaginaires, qu'elles accompagnent, l'une après l'autre, d'un murmure maternel.

Avec le temps, leur réconfort pèse lourd. Il excite mes larmes qui excitent leurs gestes.

Parfois je vois ma mère pleurer.

La tragédie de ma mère, la mort frissonnant sous sa peau, le mot *veuvage,* lourd et laid, sur toutes les lèvres. Sa solitude irréversible, après la chute de son espoir, un matin de mai. Elle s'occupera désormais de moi. Elle me couvera jusqu'à l'excès, moi, la fille, sa petite fille, soudain esseulée. Elle s'oubliera dans le bercement de sa petite orpheline. Qui en profitera jusqu'à l'excès. L'enfant survoltée par les caresses pivote et pivote encore, quasi rayonnante sur son socle, devant la vraie douleur de sa mère.

«Reviendra-t-il?»
Chaque fois, «notre douleur commune» la ramène vers moi, me l'offre, «papa est là, son âme voyageuse tournoie... autour de nous». Ma mère me loge en elle. Or, le sens caché de sa blessure sous ses robes de deuil m'échappe. Je ferme les yeux sur ses mots étouffés. L'indice, le rictus sur sa joue, je ne veux ni le voir ni le comprendre. À tout prix, la compensation, le Bonheur, et la langue polie des berceuses embrume sa peine.
Nous sommes sauvées. À chaque fois, indemnes.
Je ne m'en remettrai pas.
Je resterai longtemps une enfant craintive qui se réfugie à tout bout de champ, sans réserve et pour ainsi dire sans raison, dans les bras de sa mère, malgré l'intuition encore bien frivole d'un danger.

Viendront d'autres douleurs communes, indispensables à l'invasion du Bonheur. En quelques années, après la mort de mon père, ce sera le carnage: deux grands-pères, une grand-mère – l'autre était déjà morte quand je suis née –, un oncle, un petit-cousin, une amie de ma mère, sa fille, et les autres. Les morts s'entasseront, puis se métamorphoseront. Tant d'âmes voyageuses veillent sur nous, sur moi. Tant de réunions de famille autour de tant de disparitions, tant d'occasions d'être dorlotée, chouchoutée, me tiennent loin de l'éveil. Tant de paroles se mêlent à celles de ma mère, prennent de l'ampleur, m'envahissent. Nous sommes entre nous, entre femmes, serrées les unes contre les autres, nous nous aimons, nous pleurons. Quelquefois nous rions fort. Ma vraie douleur a pris la fuite. Avec le temps, les femmes chantent si juste le Bonheur, et des surplus de caresses dans leurs bras dissipent par miracle l'amas de cadavres.

Parfois je retrouve mon père dans les soupirs de ma mère.

Parfois je l'oublie tout à fait.

À l'école Marie-Immaculée, en 4e année B, un après-midi de juin. Ma tête posée sur le pupitre, sur mes bras repliés en losange, je fais un somme. Avec la permission de Mlle Moisan. Ou plutôt je fais semblant. Je joue. Je mime avec habileté l'attitude de la dormeuse. Pourtant je suis là, aux aguets, j'existe, terriblement présente. Exemptée de devoir, pendant que les autres copient sur un papier-parchemin la lettre, lettre commune, écrite à la craie blanche sur le tableau noir par Mlle Moisan.

«Cher papa...»

Je suis orpheline. Avec une tristesse ajournée. Ni tragédie ni larmes. La crise n'aura pas lieu. Mon père lointain, muet, ne répond pas. La dormeuse joue trop bien ce jour-là, plus attentive aux vibratos de son public qu'à elle-même. Elle joue. Dans son faux sommeil, l'émotion ne vient pas. La terre s'est repeuplée, et les larmes endiguées ne coulent plus à volonté.

«À l'occasion de la fête des Pères...»

L'émotion n'affleure pas. Malgré la qualité du décor.

D'ordinaire, le soleil, une fin d'après-midi de juin, l'allongement des jours, la sensualité irrésistible de l'air, la douceur brumeuse des éléments auraient suffi à faire jaillir mes larmes. Ce jour-là, je cherche par tous les moyens à endosser un costume de deuil qui ne me convient pas du tout. L'émotion enfouie résiste à la violence du mot *orpheline* – que je fais pourtant résonner fort dans ma tête –, refuse l'attendrissement théâtral que je lui réclame.

Mon Bonheur plus fort que les larmes, ce jour-là.

Fébrile, si fébrile.

Mon corps curieux épie les faits et gestes de tout le monde. Épie le chant des oiseaux par la fenêtre entrouverte, le grattement des plumes sur le parchemin, le va-et-vient des plumes entre l'encrier et le papier, les bruits de taches et de salive, les battements de mon cœur, les doigts de ma main gauche, suspendus dans l'air, entravés par la position de ma tête, de mes bras engourdis sur le pupitre, mais surtout, surtout, l'odeur du parfum de Mlle Moisan à deux pas de moi, odeur grisante qui fait naître des frissons le long de ma colonne vertébrale.

Mon corps épie, attend, se tient dans cette *ferveur de l'attente* que je reconnaîtrai plus tard dans le Gide des *Nourritures terrestres*, mon corps revendique le geste, effleurement ou fissure, la main désirable de Mlle Moisan, s'avançant, s'oubliant, s'égarant sur ma joue, l'isolant en quelque sorte des autres, ma joue élue parmi toutes les autres, tandis que les yeux des petites filles ordinaires suivent le tracé précautionneux des lettres apprises sur le parchemin.

Je veux qu'il vienne, le geste, il viendra.
Il ne vient pas. Pas encore.

«Je t'écris pour te dire...»
Le cœur de la lettre. Avec cette insistance sur les petits pronoms très personnels qui créent la connivence. Avec le mot *amour* qui s'étire dans l'espace. Que j'agrippe au passage. La respiration de Mlle Moisan si proche tout à coup. Mon Bonheur plus fort que les larmes. Sa voix dicte, avec un surcroît de douceur, d'intimité presque, les mots déjà écrits au tableau noir, sa voix les module de diverses manières, reprenant la phrase depuis le début à chaque ajout de mot, multipliant de la sorte les possibilités de s'insérer par effraction dans le désir pourtant si accessible de la petite orpheline. Le mot *amour* résonne avec force dans ma tête, quand il franchit pour la énième fois les lèvres carmin de Mlle Moisan. L'école Marie-Immaculée est devenue une cathédrale.

Je veux qu'il vienne, son geste.
Je jouerai jusqu'aux larmes, s'il le faut.

Un trop long silence dans sa voix, après la virgule...
Avec brusquerie, je soulève la tête, la tourne et la repose sur le pupitre, les yeux faussement ensommeillés, avec l'espoir que la joue marquée, trop longtemps posée sur le plissé de la blouse, saisisse son regard, attire enfin son geste, et je replace autrement les bras, les doigts engourdis, laisse passer l'impatience du désir, la ferveur de l'attente, dans un souffle court, une espèce de gazouillis ou de plainte étouffée. Le simulacre. La séduction par l'absurde. Les signes évidents, irrésistibles malgré leur fausseté, de la tristesse qu'on cherche à tout prix à contraindre. Qui, d'habitude, précède les larmes.

«Ta petite fille...»
La signature au bas du parchemin. Le mot de passe des petites filles ordinaires. Qui découvrent l'amour. Qui ne jouent pas. Qui fêteront en famille dimanche prochain, aimantes et aimées, récitant à voix haute les mots de la lettre devant leur père vivant, ravi, leurs gestes entravés par le tulle ou l'organdi de leur robe neuve.

Il est quatre heures moins dix. Leurs doigts tachés d'encre, éloignés du parchemin qu'il ne faut pas souiller, elles relisent à voix basse leur compliment avant de plier en trois le papier précieux et de l'insérer dans l'enveloppe sur laquelle sont imprimés en lettres d'or les mots *À mon père*.
Je veux qu'il vienne, son geste, viendra-t-il?
Quatre heures moins cinq... moins quatre... moins trois... Dans l'attente de la cloche, ça jacasse autour de moi, «dimanche, ma mère achètera des roses», «dimanche... ma

grand-mère... des gâteaux... des friandises... des chandelles... des confettis... des serpentins», «DIMANCHE».
Encore et encore.

Si près de moi... l'odeur grisante...
Et son geste est venu, petite caresse parfumée, infinie, le long de ma joue, jusqu'à la naissance de mon cou, le temps d'un frisson, impudique victoire du désir, et son geste, trop hâtivement suspendu par le bruit de la cloche, le brouhaha des chaises et des pupitres, s'est volatilisé.
Cependant ma joie demeure.

Je ne m'en remettrai pas.
Plus tard peut-être. Quand la vraie douleur prendra place au beau milieu de mon corps malade. Quand je me mettrai à compter et recompter les battements de mon cœur, indocile comme celui de mon père; à vouloir surprendre ses étouffements imprévus, ses emballements excessifs. Quand je serai en danger dans mon corps même, la patine frauduleuse qui recouvrait la blessure s'étant effritée. Ce sera le face à face, sans recours possible au bercement. L'inévitable inventaire des deuils, les cruelles stratégies de la mort contre lesquelles je ne pourrai rien.
Je ne m'en remettrai pas.
Beaucoup plus tard peut-être, après l'avènement des mots et des pensées qui percent les surfaces. S'enfoncent loin comme des vrilles. Moribondes, les berceuses après le

forage. Or, leurs sons butés et lancinants persisteront, se mêleront aux cognements désordonnés de mon cœur.

Je ne m'en remettrai jamais tout à fait.

L'attention, l'amour sans cesse réclamé, aujourd'hui encore, sourd jusque dans mes livres. Mon geste d'écrire sous haute surveillance poursuit sa quête de regards amoureux qui le suivent, s'émeuvent, l'approuvent. Mon geste se pavane devant chaque regard. Le bon mot modulé de la bonne manière revient chaque fois dans les rêveries de l'orpheline.

Je est une autre. Porteuse de drapeau.

Lui dire «non». Me sauver au bout du monde. Ne pas céder à la tentation. Grandir enfin! Ma solitude enfin! Au bord de la Seine ou ailleurs. Là où l'enfance tenace n'a aucune prise; là où le théâtre se présente devant soi. Écrire loin de ma mère, hors du bercement, seule entre quatre murs blancs, seule avec la lourdeur des choses implacables, leurs vérités et leurs mensonges, une existence et une mémoire qui tendent à s'effriter trop vite, qui fuient. Écrire loin des lieux familiers, là où les deuils, dépouillés de leurs larmes d'apparat, reparaissent autrement, m'offrent leur vrai visage, sans complaisance ni démesure, et ramènent ma vie à de plus justes proportions; là où la chute autant que l'éclaircie osent donner un peu de sens, d'humanité à ce qui n'en a pas.

Ces cimetières un peu partout.

Et le chaos.

La petite fille modèle

Et je n'existe pas et je ne vis pas et c'est séparé et quand aurai-je droit à la vie d'exister conforme à l'image que je me fais de la vie d'exister?

France Théoret,
Nécessairement putain

Ni tableaux, ni plantes, ni chats.

Rien ne vient encombrer un lieu déjà sursaturé de corps et de souvenirs.

Depuis la mort de mon père, nous vivons à plusieurs dans le plus grand dépouillement. Un appartement de quatre pièces où notre vie n'est qu'ordre et propreté. Ma mère et sa sœur ont choisi de mettre en commun leurs familles, leurs quelques meubles, leurs douleurs et leurs espoirs. Pour elles, l'ordre et la propreté sont des moyens de défense, des réflexes de survie. Nous vivons désormais entre nous, dans le cocon d'une famille élargie, qu'elles ont filé avec minutie, secoué à l'occasion par nos excès d'affection et de fureur. Par une mélancolie contagieuse et nos larmes. La solitude n'existe pas, pas encore. Pas ici. Pas chez nous. Pas pour moi. Ou, du moins, on ne la voit pas. On est vite récupéré par la caresse dans un si petit lieu. Il y a chaque fois un corps, à proximité de ma peine, auquel je peux m'accrocher.

Ni solitude ni pauvreté apparentes.

Juste le mutisme des âmes blessées, retenues au chaud, assoupies sous un vêtement de caresses, d'exigences et de prières. Ce qui est tu n'effraie personne. Tout va bien, pour le mieux, du moins, c'est ça, le Bonheur, c'est sans hasard et sans risque, mais, paradoxe audacieux, ça s'insinue avec adresse et sans discrimination dans chaque recoin de nos âmes, ça a la prétention d'y éteindre les soifs, ça vient se greffer aux habitudes, ça s'adapte naturellement aux circonstances les plus énigmatiques de la vie, c'est une récompense et une consolation, et ça vous fabrique des corps dociles, indulgents, comme on dit, en tout point conformes aux règles de la bienséance.

Ce qui est tu n'offense personne. Dans le silence, il n'y a ni regrets ni remords, la peur n'a aucune chance de nous rattraper. On est en quelque sorte heureux. Loin de l'oppression du monde. Loin de ce qui risquerait de nous écraser.

Des anges roses nous accompagnent.

À onze-douze ans, je ne m'appartiens pas.

Nous ne faisons qu'une, ma mère et moi. «Ma grande fille se confie à moi... me dit tout... nous n'avons pas de secret l'une pour l'autre», c'est ce que j'entends, ce qui me poursuit, ce que je ressasse, jour après jour. Nous partageons la même chambre, le même lit, et nos peaux se touchent, liées par les mêmes draps, la même absence, la même tristesse, et j'ai besoin de sa chair soudée à la mienne pour me garder vivante pendant la nuit.

«Viens, viens... il est si tard.»

Douceur trouble. Tendresse de gorge. Étreinte presque. Dans la voix de ma mère, son corps de noyée s'exhibe certains soirs, ou plutôt c'est l'ombre portée d'un autre que le sien, celui de mon père. Dans sa voix, l'exigence exemplaire, «viens, viens», a des allures d'étrange supplication. Le monosyllabe scande le silence, fait des trous dans l'air noir de la chambre, dans cette zone équivoque où nos chairs s'aimantent.

Une nuit, nous faisons le même rêve. Avec la même mort au bout. Une nuit, nous rêvons de notre douleur commune.

Je suis possédée. Où commence mon être? Où s'achève le sien? Comment arrive-t-on un jour à dormir, à vivre seule? *Je* ne sais pas. *Je* ne pense pas. *Mes* pensées à moi n'existent pas. Dans cet univers où tout est ordre et propreté, il n'y a en fait que les pensées qui soient susceptibles d'être souillées.

Un beau jour, une fissure se crée, contre laquelle la petite fille modèle doit apprendre à lutter pour continuer à vivre. D'une manière convenable. Des pensées condamnables s'insinuent dans la fissure, se fraient un chemin entre ma mère et moi, me retiennent, apeurée et pourtant grisée par les effets nocifs de leur trouble, s'agglutinent à moi, mal à l'aise, coupable déjà, et m'éloignent de ma mère. Le jour et la nuit, ça insistera, ce sera sans fin; des désirs indécents, inavouables, m'assailliront. À quoi ressemble la paix de l'âme? Je ne saurai plus ni le dire ni le penser.

Je ne réussirai pas à oublier que j'ai un corps rompu à la caresse.

J'y succombe, avec l'intuition douloureuse de ce qui s'en suivra, la terreur, les remords causés par mon mensonge et mon éloignement, et l'insoutenable besoin de m'en délivrer, de tout avouer, tout de suite, «maman... maman», de me retrouver purifiée, absoute dans les bras de ma mère, de l'entendre de nouveau dire «nous», sans ressentir le poids de ma trahison.

Parfois la sonnerie du téléphone s'interpose au bon moment.

Juste avant l'abandon.

Nous sommes seules dans la cuisine, la petite fille de ma tante dort dans sa chambre, derrière une porte entrebâillée, et je regarde ma mère s'installer, gardienne pour la soirée, ouvrir la planche à repasser, sortir le fer du placard, de sa boîte, en dénouer le fil, le brancher, examiner l'une après l'autre, avec attention, les chemises blanches empilées sur la table, en vérifier l'état, le bouton à recoudre, le col ou le poignet à repriser, la tache, la déchirure... Pendant ce temps, interminable, ça se prépare en moi, ça vient, ça gronde, c'est irréversible, ça remonte jusqu'à ma gorge, ça bifurque vers l'avant, ça se tient sur le bout de ma langue, mes faits et mes gestes, mes pensées les plus intimes, j'ai beau essayer de lutter contre leur avancée, leur poids, leur inévitable expulsion, ça vient de trop loin, c'est plus fort que moi, exigence invivable.

«Nous n'avons pas de secret l'une pour l'autre.»

Juste au moment d'aller au lit, seule au monde, coupée de ma mère par le remords, dégoût sur le bout de ma langue, je finis par céder, désemparée, fiévreuse, me laisse aller au débordement, à l'aveu complet, désordonné, de ce qui s'agite dans mes replis les plus obscurs, dans mon être, ma peau, ma chair à moi, je déballe tout, je raconte tout, j'ai fait... j'ai dit... j'ai pensé ceci, cela... maman, le mal en moi... mon désir, ma furie, mon sexe... la tentation du mal... des monstres humains remuent en moi, maman... avec des nuances qui n'en finissent plus, qui enténèbrent la confidence, en prolongent indûment le supplice et s'infiltrent jusque dans les lieux les plus étroits, les régions les plus opaques de mon âme.

L'inavouable prend forme entre ma mère et moi. Des images abjectes traversent ma bouche. Je m'humilie, demande pardon.

«Non, maman, je n'ai plus de secret.»

Sans cette confession, corps fantôme, je n'existe plus.

Chaque fois, dans le silence qui suit l'aveu, ma mère dépose avec précaution le fer à repasser sur la planche; ma mère désarmée, émue jusqu'aux larmes, se redresse avec lenteur, se demande sans doute si, de l'autre côté de la porte entrebâillée, l'enfant dort bien, ne risque pas de nous entendre; puis intimidée, cherchant ses mots, les bons mots, le ton indulgent qui convient à la circonstance, ma mère se rapproche de moi, n'ose pas me regarder dans les yeux, et pourtant m'enlace, laisse parler son corps; ses doigts le long de mon épaule, de ma joue, dans mes cheveux, elle me reprend en elle. Ses gestes purifiants me calment, m'innocentent enfin, nous lient, une fois de plus, l'une à l'autre pour toujours.

«Nous nous ressemblons, nous sommes humaines, or, le bon Dieu est infiniment bon, Il sait pardonner.»

Nous existe de nouveau. Les yeux de ma mère vont et viennent en moi en toute liberté, comme si de rien n'était, s'enfoncent loin, ne tentent nullement de rebrousser chemin. Aucune souillure n'entrave désormais leur parcours. «Nous n'avons pas de secret l'une pour l'autre.» Je suis sauvée.

Transparente. Si transparente.

Jusqu'au prochain abandon. Jusqu'au prochain remords.

L'étrangère

J'ai dit rapidement, en mêlant un peu les mots et en me rendant compte de mon ridicule, que c'était à cause du soleil.

Albert Camus,
L'Étranger

L'été, à la campagne.

Étendue dans l'herbe, certains matins de grande chaleur, je me laisse attendrir par ce vert omniprésent qui, sous un soleil encore bas, a la douceur de l'ocre, ce vert presque humain, qui pourrait me protéger contre les malheurs du monde si la mélancolie n'en finissait pas de s'immiscer dans ses interstices. Beaucoup trop tendre, ce vert sur lequel je repose. Beaucoup trop sensible à ma fragilité. Mon corps étendu dans l'herbe, mon corps éponge, absorbe la mélancolie du vert.

«Nous ne sommes que des grains de sable dans l'univers, des papillons bien éphémères», dit ma mère, quand elle se heurte à sa propre incompréhension du malheur, quand elle essaie de se convaincre que le Ciel résoudra un jour les énigmes, qu'Il proposera la bonne réponse, la seule, à ses désirs d'éternité.

À ces instants-là, je crois toujours entendre la voix pieuse de ma grand-mère.

Je ne suis qu'une enfant, mais je pressens que la catastrophe rôde alentour. Qu'elle se trame à notre insu, dans un lieu secret, avant d'émerger sournoisement à deux pas de nous. Sous n'importe quelle forme, reconnaissable, chaque fois affublée d'un vêtement de tristesse. Je n'ai pas les mots pour le dire ni même pour le penser, cependant je guette l'événement qui, une fois de plus, fera dévier le cours de ma vie, fera pleurer ma mère.

Lorsque je ne suis pas occupée ailleurs, que je suis juste une enfant laissée à elle-même, à ses pensées d'enfant, la tristesse avance à pas de loup, m'épie, et je devine que fatalement elle me rejoindra. Je dois m'enfuir, changer de pièce, bouger, rire ou appeler au secours avant que l'effroi apparaisse. On ne peut échapper à la logique de la catastrophe quotidienne.

Et je n'échappe pas à l'effet dévastateur de l'effroi.

Je me retrouve souvent dans un corps que je ne reconnais plus, corps étranger dont les atomes, eux-mêmes menacés, gagnés par la peur et la méfiance, cherchent à se fuir les uns les autres. Ça se disloque en moi, ça s'éparpille. Loin de ce qu'on appelle *l'âme*, «le centre, le cœur et l'aimant», comme dit ma mère. J'ai besoin qu'on chasse les ombres, qu'on me recouvre; besoin de l'épiderme de ma mère, réchauffant le mien, lui redonnant vie par la caresse.

Je ne suis qu'une enfant. Je ne sais presque rien au sujet de la nature. Ni son indifférence ni même sa fierté devant la douleur. Que son vert tendre, mélancolique, certains matins d'été, à la campagne.

Le poème de Rimbaud, *Le Dormeur du val,* je ne le connais pas.

Le tour du lac Maskinongé, en voiture, une fin d'après-midi de juillet. Nous sommes quatre, entassés sur

Ma mère. Ses doigts câlins, je le devine, flânent sur un cou, glissent sur une épaule, hésitent, ralentissent leur descente, s'arrêtent quelques instants sur un coude, surveillant là la prochaine maison, puis avec langueur redémarrent, «quarante-trois»... dévient vers l'intérieur, se resserrent à la saignée d'un bras et font des cercles lents, très lents sur une peau qui frissonne.

«Quarante-quatre»...

Je connais trop bien la douceur pressante de cette caresse. Depuis quelque temps, c'est plus fort que moi, j'ai besoin de m'en détacher, de la maintenir à distance, de la voir occuper un autre corps que le mien, s'y intéresser pour vrai, sans en prendre ombrage, au contraire même, le souhaitant, la petite fille en moi, soudain velléitaire, cherchant à éprouver son intention de liberté, si heureuse toutefois que cette douceur irrésistible évolue sous ses yeux, lui parvienne comme en écho, des chairs d'enfants servant de relais, et l'enveloppe pour ainsi dire, elle aussi, sans la piéger. En cas de nécessité, elle le sait, la caresse de sa mère sera toujours disponible.

Dans mon ventre et sur ma peau, c'est chaud. Presque bouillant. Je suis bien, bien dans cette chaleur intime, ce murmure familial, cette indolence voluptueuse de la tendresse, bien sur la banquette arrière de la Dodge de mon oncle, une voiture aux couleurs bariolées, qui ne passe pas inaperçue dans le paysage. Bien... trop bien... La mélancolie fait irruption, s'insère partout sous ma peau.

la banquette arrière, les deux enfants de ma tante, ma mère et moi, et je suis bien, attendrie par ces corps d'enfants, pleins de soleil, qui remuent à côté de moi, entre ma mère et moi, parfois me touchent parce qu'ils ont eux-mêmes envie d'être touchés, qu'ils flairent déjà le pouvoir trouble de la caresse.

Je connais la route par cœur et, cette fin d'après-midi-là, amollie par une journée de sable et de soleil, je dis «non, pas aujourd'hui», je refuse d'être active, de raconter des histoires, de chanter, de jouer à la grande sœur, *p'tit galop, grand galop*, avec le plus jeune sur mes genoux, riant aux éclats. Confinée dans mon coin, appuyée contre la portière gauche de la voiture, je ferme les yeux.

Tout ronronne: l'air, la voiture, les respirations, le plaisir. Je suis bien. Bien dans cette maison minuscule qui avance en douceur sur une route de campagne, nous protège, nous emporte loin parmi des odeurs de ferme et de fleurs. Je pourrais m'endormir, bercée par des murmures rieurs. Les enfants de ma tante s'amusent avec ma mère à compter les maisons, fort éloignées les unes des autres, qui semblent chaque fois surgir à l'improviste devant la fenêtre... comme si on ne les attendait plus... «trente-sept»... «trente-huit»... «trente-neuf»... chaque fois suivi d'un long silence.

Quand «une autre... une autre... la rouge pompier au fond là-bas» apparaît à la fenêtre, devant l'indécision des petites langues, ma mère se métamorphose, entre pour vrai dans le jeu et propose, sur le ton feutré de la connivence, «quarante»...

Prise par la nuit, une fin d'après-midi de juillet.

Ma mère. En miniature, les parcours incalculables de la caresse, gravés au bout de ses doigts. Ma mère égarée au fond d'elle-même, effarouchée, son cœur en déroute devant des lambeaux de paysage. Ma mère retenue à la vie par la force du souvenir. Je n'arrive pas à les imaginer en voyage, ni sur la peau de mon père ni sur une autre peau d'homme, ses doigts pourtant si habiles à faire naître le frisson sur des cous, des épaules ou des bras d'enfants.
Sur ma peau à moi.

Doucement l'émotion... puis son mouvement s'accélère... Les yeux fermés, je revois son regard vague, embrumé, toujours un peu inquiet, retenu ailleurs, dans des images de fin du monde; je dis, ou plutôt j'essaie d'articuler «maman», mais le mot ne passe pas, reste bloqué à l'intérieur. Le monde bascule. Au bout, un petit bout de rien du tout qu'on voit presque d'ici, ça s'arrêtera, il y aura une fin... une cible avec au centre un disque noir... une flèche... une seule...
Soudain le ciel bleu vire au noir. Des larmes, minuscules larmes qui se sont formées à mon insu, se bousculent sous mes paupières, déjà embourbées par tant de soleil et de sable. Lorsque ça devient trop lourd à retenir, que les rires s'obscurcissent, je détourne la tête, feignant le sommeil...
... «soixante-quatre»... «soixante-cinq»...

Un «oh là là... là... là!» un peu trop sourd, un peu trop syncopé, dans la voix de mon oncle, nous prend par surprise. Les yeux grands ouverts, devant ce paysage qui mousse de rayons, tout le monde se redresse. La Dodge fonce vers la droite, nous secouant les uns les autres, et freine brutalement avant de s'arrêter sur l'accotement. À travers les tressaillements de ma mère et de ma tante, une plainte retentissante, «non, non, non, non, non, non, non, non». Juste avant le choc des voitures, le bruit assourdissant de l'acier, l'éclatement de la vitre.

Juste avant les cris.

Je suis là, au premier plan. Avec de vraies larmes.

Le sang gicle, rougit violemment quelques pieds carrés de paysage, tandis que le vert trop lumineux de cette fin d'après-midi et les reflets d'un soleil fou continuent de déferler.

Je suis là, au premier plan.

Ce n'est pas la première fois. Ce n'est pas ma première catastrophe. Mais, cette fois, au premier plan, il y a du sang partout. Du sang qui sèche vite sous le soleil encore chaud de ce dimanche-là. Des taches de sang sur l'herbe, sur le jaune vif des pissenlits, sur l'acier rutilant des voitures, sur la vitre éclatée, sur la banquette arrière de la plus petite des deux voitures, sur le corsage rose de la femme blessée qui semble endormie, étendue dans l'herbe.

Un jour, ce sera moi.

Le pressentiment d'un danger.

La voiture de mon oncle roule avec lenteur, nous avons repris la route pour revenir chez nous. Secoués et silencieux. Les enfants dorment, le plus jeune assis sur les genoux de ma mère, sa tête soudée à l'épaule de ma mère. Là où j'aurais envie de me réfugier, ignorant soudain toute menace. Le sang est inoubliable, comme le Bonheur, il m'a poursuivie jusqu'ici, et des étincelles dansent sous mes yeux, se défilent, réapparaissent, taches grenat sur la banquette, puis se dissipent.

«C'est à cause du soleil», dit mon oncle, et nous étions là, à deux pas de la cible. Ça aurait pu être nous, ma mère ou moi.

Une automobile a tenté de doubler la nôtre sous un soleil aveuglant pendant que, devant elle, une autre a surgi.

Cette nuit-là, les doigts de ma mère s'amusent à dessiner des roses rouges sur un dos d'homme qui pourrait être celui de mon père, et je l'entends qui fredonne... *un petit mousse... un soir chantait... il redisait... l'âme inquiète... ces mots qu'au loin... le vent portait...* et son chant scande le mouvement de ses doigts, et imperceptiblement, à la manière d'un dessin animé, les roses rouges se rapprochent... on dirait des aimants... jusqu'à se fondre en une seule... qui se gonfle... se gonfle... et l'unique rose s'arrondit... tente de se soulever... y arrive... se détache... par à-coups se libère de la peau soudain granuleuse comme le sable... monte... monte... gigantesque ballon gonflé à l'hélium, soleil rouge retenu en douce par des ficelles interminables... les doigts démesurément allongés, méconnaissables, de ma mère... et le soleil rouge dans son ascension se couvre de larmes...

Un jour, je me demanderai pourquoi l'incident tragique se produisait chaque fois au moment précis où je passais par là. Comme s'il avait attendu, tapi dans l'ombre, que je passe pour se donner en spectacle; qu'il m'avait choisie, moi, toute petite déjà, marquée par la mort, pour faire l'inventaire de ses déguisements, en témoigner un jour d'une manière ou d'une autre.
Oui, chaque fois, je suis là, au premier plan, spectatrice privilégiée mais impuissante, et chaque fois je vois la flèche atteindre le disque noir au centre de la cible.

L'oncle Bernard

Le passé est un dragon qu'on garde au fond d'un souterrain, dans une cage. On ne peut pas penser tout le temps au dragon. On ne vivrait plus, sinon... Mais de temps en temps il faut vérifier si la serrure de la cage est en bon état. Car si elle rouille, le dragon la casse et apparaît, encore plus cruel et insatiable.

Andreï Makine,
Confession d'un porte-drapeau déchu

Lou disait de lui qu'il avait de beaux yeux. Les yeux de sa sœur, la cadette de mon père. Lou connaissait bien cette sœur qui habitait l'appartement situé juste au-dessous de chez elle, juste à côté du nôtre, en face du parc Lafontaine. Les bruits du rez-de-chaussée montaient, on les entendait d'en haut.

Ma mère, elle, redit encore qu'il avait les yeux bleus de mon père – que Lou n'a jamais connu –, mais avec des images inoubliables, collées derrière ses rétines, des souvenirs de guerre, d'enfer, qui lui donnaient un regard à la fois embarrassé et triste.

Quand il souriait, il était beau.

Peut-être justement à cause de cet encombrement douloureux de la mémoire qui venait par-derrière obscurcir, ou plutôt intensifier le bleu de ses yeux. Il y avait, dans ce bleu un peu fou, des départs qui se donnaient des allures de fuites, des rêves louches, une indifférence face à un monde où les jeux étaient déjà faits, des promesses non tenues, des chemins qui ne mènent nulle part, des absences définitives.

Rien à l'horizon, sinon de la pluie, de la neige, des saisons funéraires qui se succédaient les unes aux autres.

Il portait au fond de ses yeux un monde inexpliqué.

Peut-être sourit-il encore quelque part. Nous l'avons complètement perdu de vue.

La dernière fois qu'il est venu à la maison, avec un cadeau pour moi, c'était en avril, je venais d'avoir treize ans. Un collier de fausses améthystes, trop brillantes, visiblement artificielles, que je ne porterai jamais. J'ai ouvert devant lui le coffret aussi toc que le bijou, avec des gestes minutieux qui devaient masquer mon inquiétude, me laisser le temps de trouver les bons mots. Ses yeux bleus ont croisé les miens, les ont vus qui fuyaient, n'arrivaient pas à se poser, se cherchaient une manière d'être complices, au-delà du mensonge. Puis ses yeux bleus sont revenus vers mes mains d'adolescente, vers cet objet si incongru dans mes mains ouvertes au-dessus de la table où même le coffret vide faisait tache.

Il a compris.

Ce collier-là, je ne le porterais jamais.

L'oncle Bernard parle peu.

À onze-douze ans, sa vie d'homme solitaire, pleine d'énigmes et de secrets, dont on discute souvent autour de moi et chaque fois à voix basse, me rend curieuse. Il apparaît, disparaît, puis réapparaît. Sans qu'on sache d'où il vient ni quand il repartira. Ce que je sais de lui, c'est ce que m'en disent ma mère, mes tantes. À part sa ressemblance avec mon père, ses yeux bleus, bien sûr, et son sourire. À part le fait qu'il travaille maintenant chez

Stuart et qu'il rapplique à la maison, certains soirs, à l'improviste, avec une boîte de petits gâteaux.

Ces soirs-là, il soupe avec nous. Ça jacasse fort autour de la table. On le voit manger avec excès, secouer la tête de temps en temps et sourire. On dirait qu'il réussit à oublier.

Il n'a ni femme ni enfants. A-t-il déjà été amoureux? A-t-il le goût de l'être? Le goût d'avoir des enfants, une famille?

Il vit seul. Tantôt dans un appartement que je ne verrai jamais, tantôt chez sa sœur où il occupe la pièce arrière de la maison. Une chambre dans un grand désordre, avec des livres ici et là, parmi les chemises chiffonnées et les bas sales qui traînent par terre. Comme si, certains jours, il avait besoin de dérèglement et de saleté pour se sentir exister. Ne pas prévoir, ne pas penser, ne pas résister, éprouver seulement. Éprouver jusqu'à l'excès les effets désormais futiles de l'empilement.

La vie bouge autour de lui, et je fais partie de cette vie foisonnante et familière, dans la maison d'à côté, la maison de sa belle-sœur.

L'oncle Bernard aimait beaucoup mon père.

En 1940, il ment, triche sur son âge et s'enrôle, ou plutôt «on a accepté de l'enrôler, sans savoir, sans chercher plus loin», disent ma mère, mes tantes. Il y a là une faute. Il y a là du déraisonnable, de l'inexplicable, qu'on aurait dû tenter de raisonner, d'expliquer. «Ce n'était encore qu'un enfant, comme Eugène, dans *Bonheur d'occasion*, exactement comme lui, le même coup de tête, la même folie... c'est inimaginable... de la vraie fiction.» Et on le répète, «c'est inimaginable», quasiment chaque fois qu'il est question de lui.

Lorsqu'il est revenu, il n'était plus le même, aux prises avec des images inoubliables, collées derrière ses rétines.

Une fois ou deux, quelques mois peut-être après son retour, il essaie de raconter, n'y arrive pas, balbutie, ne comprend pas lui-même ce temps passé, anarchique dans sa mémoire, qui revient sans cesse, des flashes éclaboussant le présent. Il y a trop de désordre dans sa voix, trop d'images circulent à toute vitesse derrière le bleu de ses yeux, trop de bruits longtemps retenus ne réussissent pas à se poser dans une phrase. Trop étroites, trop rigides, les phrases pour ce qu'il a réellement vu, au bout du monde, campé en Allemagne pendant cinq ans. La pensée refuse une logique à cette violence insensée.

À onze-douze ans, ce que je saisis à demi-mot du passé de l'oncle Bernard, dans les propos de ma mère et de mes tantes, m'effraie, «les Allemands avançaient... les Allemands... il fallait les arrêter», malgré ma fascination pour son mystère.

Des gens meurent autour de lui, des enfants surtout. Tous, orphelins, affamés, abandonnés. Ces enfants auraient pu se laisser prendre par l'espoir déraisonnable d'être rescapés à la dernière seconde par le premier venu – un étranger aux yeux bleus, d'un bleu qui ne ment pas, rempli d'enfance, un étranger qui se serait laissé prendre lui aussi –, et foncer en ligne droite vers l'ennemi, les bras grands ouverts, poussés vers l'inconnu par une force extravagante. Ils n'en font rien.

Tous, ils crient, courent et fuient n'importe où. Loin.

Dans les souvenirs de l'oncle Bernard, on les tire à bout portant, et ils meurent. Tous.

Lui aussi a tiré. Sur l'ennemi, bien sûr, mais il a tiré tout de même. La ligne de feu, c'était son choix.

Le souvenir de ce bruit, un corps qui tombe, ploc! dans l'océan ou ailleurs, à côté de lui ou loin devant, qui ne se relèvera plus, il le sait, il ne réussit pas à l'oublier. Certaines nuits, ça revient. Du cinéma. Le suspense. La présence insupportable de l'image, pourtant en mouvement, mais quasi immobile, qui précède l'événement. L'attente, dans la fraîcheur trop humaine de la nuit, l'attente indescriptible, une vie en une seule nuit à flairer l'avancée de la menace, l'approche diffuse, encore lointaine, de la catastrophe, du bruit sourd qui montera, montera, il le sait, jusqu'à la déflagration. Cette fatalité familière. L'éblouissant feu d'artifices qui, chaque fois, enfièvre son corps de soldat. Puis le silence, plein la vue, le brasier, les cendres. Puis la solitude, l'inapaisable solitude de son corps vivant, chargé de bruits, de scories et de mémoire.

Une solitude inépuisable, peuplée de fracas.

Comme si la guerre avait encore lieu, qu'il y avait encore quelque chose à faire, une nécessité, une urgence à laquelle il lui fallait répondre. Du sens à donner à quelques gestes mécaniques qu'il ne pose plus. Qui continuent néanmoins à se répéter dans sa tête.

Comme s'il avait encore dix-sept ans.

«Un long, très long cauchemar», c'est ce que répètent ma mère, mes tantes, ce qu'elles ont retenu. Ce que j'entends. Ce qui se mêle en moi à la douleur de la Polonaise. Ça se passe toujours la nuit, comme dans les films de guerre: des ciels qui flambent, des bruits de fin du monde, des lambeaux de chair et des cris sur fond de flammes. Avec la mort au bout. Avec, beaucoup plus tard, des petits riens qu'on entasse. D'où surgiront un jour des scènes démentes.

Sans doute faudrait-il apprendre à maîtriser ses rêves.

Pourquoi avoir triché? Pourquoi la ligne de feu?

L'oncle Bernard avait dix-sept ans et il n'était pas juif. Il n'avait ni tatouage ni étoile jaune. Il n'avait pas à fuir. On ne l'aurait pas recherché de ce côté-ci du monde. Pas tout de suite, du moins. La conscription viendrait plus tard. Elle aurait pu venir trop tard. Il n'avait que dix-sept ans. La vie devant lui.

Plus tard, j'essaie de comprendre, de trouver du sens, là où apparemment il n'y en a pas, de tracer un parcours raisonnable, au milieu d'une carte du ciel surchargée; une ligne de vie sur laquelle des points, même contradictoires, ouvriraient des pistes nouvelles, seraient déjà des indices. Oui, le dessin d'une vie, la douceur concrète du quotidien, avec l'espoir au beau milieu. Une femme et des enfants aux yeux bleus à qui il aurait pu apprendre à sourire.

Une phrase me harcèle, souvent chuchotée autour de moi, «l'oncle Bernard était en fuite».

Ici, il a trop de souvenirs, lui, l'orphelin, le plus jeune de la famille. Ici, la maladie de sa mère, son agonie, sa mort, son abandon. Ses gestes affectueux de mère lui manquent, leur souvenir le tenaille, mais il ne le dit pas. Personne ne sait.

Ici, un monde sans envergure et des projets farfelus qui viennent de trop loin, de trop haut. Inaccessibles. Dans les faits, il n'a rien, ni passé ni futur, il n'espère rien. Des frères et des sœurs qui le prendraient sous leur aile, qui diraient «on t'aime, on s'occupe de tout, en attendant... que le temps passe... que l'avenir s'ouvre devant toi». Comme si l'avenir devait offrir cette possibilité. Ici, le poids des choses fixes, vaines, l'emploi réglementé du temps, son existence floue, l'inutilité de ses pensées, de ses intuitions, de ses rêves qui se cognent sans cesse contre des pleins et des vides qu'il connaît par cœur. Ici, la précision janséniste de l'espoir.

Un cercle dans un cercle. Avec du noir qui dégouline comme dans un tableau de Motherwell.

Une tristesse sans fond dénature les approches de la joie. Et la joie, la tristesse s'en moque, la corrompt, s'enroule autour d'elle, jusqu'à l'étouffer. Un collier de fausses améthystes.

Ailleurs, la guerre, quelque chose d'autre. Une apparition de survie dans un ciel sans famille et sans Dieu. En trompe-l'œil, la légèreté de l'inconnu. Le train avance, s'arrête le temps de vous laisser monter et repart, en vous emportant.
L'oncle Bernard s'est égaré. L'histoire ne dit pas où.

Louis

*Accepter l'inacceptable.
N'avoir d'autre choix.*

Anne-Marie Alonzo,
Geste

Je viens de calculer l'âge moyen de mes dix âmes voyageuses au moment de leur départ. Trente-neuf ans. Le choc. La découverte d'un complot, d'une machination ourdie à mon insu. Quand on m'approche, pendant cette longue décennie où j'ai entre cinq et quinze ans, on a une espérance de vie de trente-neuf ans!

Il est heureux que je n'aie pas pensé à faire ce calcul, plus tôt, à l'adolescence, par exemple, j'aurais été prise de panique, j'en serais nécessairement venue à la conclusion qu'il fallait à tout prix que je me fuie moi-même. Survivre ailleurs, en dehors de moi. Coupée de la source d'où irradiaient ces ondes fatales. Libérée de la mort. Libre enfin.

Trente-neuf ans.

Oui, le choc. Le Ciel gronde.

Trente-neuf ans, l'âge qu'a mon père quand il meurt en 1950. Mon père, ma première âme voyageuse. Les statistiques sont parlantes. Mon père, au centre du tableau, là où les deux droites partant de l'ordonnée et de l'abscisse se rejoignent. Mon père, à la fois à l'origine et au cœur de mes deuils.

Le futur n'existe pas, pour qui bute jour après jour contre une mort familière.

Je ne sais pas pourquoi on meurt.

Or, j'apprends très tôt qu'il n'y a pas d'âge pour mourir. Sur mon tableau statistique, ça oscille entre six mois et quatre-vingt-un ans.

J'apprends surtout que l'éventail des causes s'ouvre à l'infini. Le cœur flanche, une, deux, trois fois; les poumons présentent des lésions inguérissables, de plus en plus grosses sur les radiographies, de plus en plus obstinées et dévastatrices; un vaisseau se referme avec brusquerie près du cœur, et hop! un caillot de sang monte jusqu'au cerveau; les poumons une fois encore mais, cette fois, associés aux bronches: le médecin diagnostique une broncho-pneumonie inexplicablement mortelle; on se noie une fin d'après-midi de juillet dans l'eau calme d'un lac; on a le corps paralysé par une attaque et, une nuit, le cœur s'arrête; on est happé par une voiture sous un soleil éclatant; on vieillit, on meurt épuisé et amnésique au bout d'une longue vie.

Je découvrirai un peu plus tard, par hasard, une chose qui ne se dit pas, surtout pas aux enfants ni aux voisins, une chose que je devrai garder longtemps secrète: on peut aussi faire le choix de mourir, seul ou avec d'autres, asphyxié par les émanations d'oxyde de carbone.

Un choix que n'avait pas fait le mari de la Polonaise.

Louis a treize ans, le même âge que moi, l'été où nous nous rencontrons. Ses parents ont loué un chalet à la campagne, à deux pas de chez nous.

À la fin de l'automne, en décembre peut-être, Lou et moi, nous assisterons à ses funérailles dans une église de Notre-Dame-de-Grâce. Au bout du monde. L'église sera bondée. De vraies larmes couleront sur les joues de Lou, qu'elle ne peut pas retenir, ça se sent, pendant que je tenterai l'impossible pour faire monter et jaillir les miennes. D'habitude, un rien me fait pleurer. Là, j'aurai le temps de penser que je suis devenue avec les années, l'expérience sans doute, insensible, un monstre de froideur et d'inhumanité, avant qu'elles finissent par céder, aussi nombreuses que celles de Lou, quasiment aussi vraies, alimentées autant par la musique des grandes orgues que par les odeurs de roses et d'encens.

«Il aime que tu lui parles, que tu t'occupes de lui.»
Je pourrais me jeter dans ses bras. Ma mère ne se méfie pas de Louis. Il est atteint de leucémie, c'est son dernier été, elle le sait, et je le sais. Avec lui, rien ne porte à conséquence. Il n'y a aucun danger, ni d'espace pour rêver ni d'éternité. Avec lui, j'ai l'impression d'accumuler, jour après jour, des petits deuils. C'est dans les bras d'un autre, cet été-là, que j'aurai envie de me retrouver. Ce sont les bras, le sourire, le corps de l'autre que j'imagine quand, sur la plage, je contemple celui de Louis, chétif et malade, perdu dans son maillot de bain, retenu par un cordon qui lui fait des plis à la taille, avec son torse parcouru de lignes violacées, dessin abstrait, géométrique, si visible, malgré sa peau bronzée.

«C'est à cause des traitements de chimiothérapie», me dit ma mère, en baissant le ton.
L'autre s'appelle Paul.

La maladie de Louis, je ne la connaissais pas. Pas de l'intérieur. Ça existait certainement quelque part, le cancer, la leucémie; mais, pour moi, c'était, comme la peste ou le choléra, une maladie lointaine, étrangère, dont on parlait à l'occasion. Personne encore dans ma famille n'était mort du cancer.

Que des cellules sauvages, dévastatrices, prolifèrent dans un organisme et ravagent tout sur leur passage, y compris leurs sœurs cellules, je le découvre. J'apprends des mots nouveaux, «vous enrichissez votre vocabulaire», dirait Mlle Leblanc, avec son sourire satisfait d'institutrice: leucémie, bacille, chimiothérapie, oncologie, cancérologie, leucocyte.

C'est bête, je ne parviens pas à associer une fois pour toutes les leucocytes aux globules blancs. Chaque fois qu'on prononce le mot dans le chalet de ma tante, cet été-là, et chaque fois en baissant un peu le ton, par peur que le petit crabe saute sur nous, je dois chasser l'image de la nuée de libellules qui se présentent à moi. Des yeux globuleux à facettes, des corps prodigieusement allongés et des ailes transparentes fourmillent dans ma tête. Je n'y peux rien. Louis a un corps envahi par des libellules, des «demoiselles», comme les appelle mon grand-père.

J'avais parlé de Louis à Lou dans mes lettres. De Paul aussi, bien sûr, dont je suis amoureuse. En secret. À distance, Lou suit l'emballement de mon cœur. Dans ses lettres, elle réclame plus de détails au sujet de Paul, dont l'allure bohème me chavire tant, «si tu le voyais, ma tendre Lou, descendant l'escalier de pierre, dans son t-shirt marron... ses bras ballants... ses épaules... sa mèche noire... sous le soleil d'une fin d'après-midi... tu fondrais».

Lorsqu'elle arrive à Saint-Gabriel-de-Brandon un samedi du mois d'août, avec sa famille, c'est la surprise, le Bonheur sans exigence, comme je l'aime. On a treize ans, on est heureuses, quoiqu'un peu timides, on ne s'est pas vues depuis une éternité, la veille de la Saint-Jean, on se sourit, en retenant ses larmes, on s'embrasse, on se dit qu'on a changé, qu'on est bronzées, qu'on a grandi. On s'entoure de précautions.

Éloignées de nos mères, on se sent plus légères, plus près l'une de l'autre. On se parle d'amour.

«Est-ce que c'est lui?» Oui, c'est lui.
Lou met enfin un corps sur un nom. Paul est là, debout à quelques pieds d'elle; elle le remarque parmi tous les autres. Puis des visages sur des noms. Puis des noms sur des lieux. Mes descriptions serraient de près la réalité. Dans le plein soleil de midi, j'entends mes mots rouler dans sa bouche. Elle reconnaît tout, au premier coup d'œil, me précède même sur la plage, comme si elle en avait l'habitude, comme si nous passions ensemble

l'été à la campagne. Notre rêve n'est plus un rêve. Notre vie ne s'est pas arrêtée pendant deux mois cette année-là.

Paul, Louis et les autres nous appartiennent, à toutes les deux.

«Oui, sa mèche noire sur le front...»
Lou se tourne vers moi, avec un sourire de femme, «je me sens fondre», puis se détourne. Le Bonheur s'étend, tourbillonne dans l'air, bientôt il n'a plus de contours. Lou observe Paul, et je devine, à sa façon d'incliner la tête sur le côté pour mieux cadrer la scène, qu'elle attend *le* geste – il viendra, bien sûr –, la main de Paul repoussant, avec désinvolture, la mèche noire de ses cheveux, qui retombe sans cesse sur son front, la repoussant chaque fois vers l'arrière, avec une sensualité que je lui avais décrite, avec force détails, dans ma première lettre.

«Il y a de la timidité dans son geste. C'est peut-être toi qui lui fais cet effet-là», dit-elle, sa tête toujours inclinée sur le côté, ses yeux espiègles, quand tout le monde décide de courir, d'être le premier, la première à se jeter à l'eau. Je n'ai pas le temps de réagir. Je cours, moi aussi.

Heureuse, si heureuse.

Louis sera le dernier. Il avance avec précaution, debout à quelques pouces du bord, hésite à s'aventurer plus loin, et pourtant avance encore un peu; puis accroupi, comme un petit garçon frileux, il s'humecte le cou, les épaules, l'abdomen, avant de se laisser gagner par la fraîcheur de l'eau. Il sourit, et ses yeux brillent plus que jamais auparavant.

Aujourd'hui le Bonheur n'a rien d'un fauve. Je n'ai pas à m'en méfier. Lou est là. Paul aussi.

On est une dizaine sur la plage. Nos corps, étendus sur des serviettes aux couleurs bigarrées, forment les rayons d'un cercle au centre duquel nos têtes, rapprochées les unes des autres, se touchent par moments. «Une étoile à dix branches», a dit le père de Lou, en sortant de l'eau.

Les grands événements de l'été, j'ai envie que Lou les entende, qu'ils nous appartiennent, à toutes les deux.

François les relate à sa manière, «cet enfant-là a beaucoup d'esprit», répète souvent ma tante. Aujourd'hui je suis plus sensible à son humour, comme si je le percevais avec les oreilles de Lou. Pour la première fois. Étrangère à mes propres souvenirs. François déjoue les faits et les mots, comme d'habitude, mais devant elle il en met un peu plus. Emporté par ses fous rires, il élabore les fictions les plus loufoques, avec le goût de nous surprendre tous, et ses mots sautillent allègrement d'un fait à un autre, et le lac finit par avoir un goût de mer houleuse, et le petit boisé derrière la maison de ma tante l'allure d'une forêt sauvage. François nous tient sur le qui-vive, héros à tour de rôle d'aventures que nous ne reconnaissons plus, il exagère le moindre geste, «sur la bouche, oui, sur la bouche»... et, sans que personne s'en aperçoive, la rencontre de deux têtes, au-dessus d'un feu de camp, est transfigurée en histoire d'amour... Tout le monde s'esclaffe, roule sur sa serviette, trépigne.

Il ne parle ni de Paul ni de moi, bien sûr, mais ça me rend plus sensible – est-ce possible? – au bras de Paul, sa peau brune si près de la mienne, la frôlant parfois.

Étendu à la gauche de Lou, Louis rit aux larmes.

Moi, je souris, la joie au cœur. À la fois curieuse et moqueuse, Lou essaie de reprendre la conversation, là où elle a été interrompue, fixe son regard sur François et exige des précisions, des détails, oui, des petits détails concrets. Même faux. Elle aimerait bien, je la vois venir, qu'il en arrive à Paul et à moi. Cet après-midi-là, je suis follement amoureuse.

Le Bonheur, c'est ça. Ça devrait toujours être ça.

Au loin, la mère de Lou et la mienne se répètent sans doute, en nous observant, attendries par nos rires, «à deux, c'est plus facile».

Après des heures de plage, on se retrouve tous les dix dans le salon du chalet, là où les soirs de semaine, ma tante et moi, une fois les enfants endormis dans leur chambre à l'étage, nous écoutons l'heure de la valse à la radio, en lisant ou en tricotant. Aujourd'hui, on danse dans le salon, on fait la fête et on est bien, entassés les uns sur les autres.

Il faudrait que cette journée dure éternellement, que le temps s'arrondisse.

Je danse avec Paul, Lou danse avec Louis, sur la musique et la voix d'Elvis Presley et de Pat Boone. Les mots d'amour en langue étrangère, exaltés par les sons, me font rêver. Je les entends pour la première fois. C'est-à-dire pour la première fois de cette manière, dans cet état d'euphorie, mes mains suspendues aux épaules de Paul, mon corps si près du sien. Le rythme s'alanguit, *put your head on my shoulder*, et mes seins effleurent son torse, et ma tête aurait envie de se perdre dans son cou, tandis que ses bras entourent ma taille et remontent, timides sans doute, jusqu'à ma nuque.

Comme s'il était amoureux pour vrai.

Par moments, je cherche Lou du regard, elle me sourit, euphorique, elle aussi, ça se voit, je suis rassurée. Tout est lumineux. Le plaisir fait étinceler nos corps. Nous avons la soirée, la vie, l'éternité devant nous. Toujours en dansant, toujours dans les bras de Paul et de Louis, nous nous rapprochons l'une de l'autre. Lou me glisse à l'oreille «on est bien». Oui, on est bien, et le Bonheur renforce son emprise.

Je ne veux pas que ça finisse.

À la cuisine, entre deux danses, les yeux de Lou continuent de briller. Près de moi, elle marmonne des phrases que je n'entends pas, à cause des rires et des bruits, de la précipitation de mes gestes, de la musique qui recouvre ses mots, elle insiste, avec quelque chose d'énigmatique dans le visage, un air de grand mystère que je ne comprends pas tout de suite. Elle veut qu'on reste ici, à l'écart des autres, à faire semblant de remplir des bols de chips et de cacahuètes, des verres qui sont déjà pleins à ras bord. Je ris. On est bien et on s'embrasse parce qu'on est bien, parce qu'on est ici, ensemble, heureuses, en plein cœur de l'été.

«On nous réclame au salon», cependant Lou insiste, me retient, ne m'entend pas.
Elle est ailleurs. Sa main fixée à mon bras.
Elle veut me parler, seule à seule. «Ils peuvent patienter deux minutes.» Oui, bien sûr, ils peuvent patienter. Je suis étonnée, ou plutôt intimidée par son insistance. Près de moi, Lou se rapproche davantage. Nos épaules, nos têtes se touchent, «reste... reste». Et, dans sa voix légèrement décalée, le mot finit par prendre forme... «Louis». Suivi d'un long silence.

Lou ne me voit plus, ne me sent plus. Prenant son élan, une joie nerveuse dans la gorge, elle hésite, bafouille, élève le ton, s'emballe, comme si elle avait besoin d'entendre ses propres mots virevolter dans l'air, «Louis est tendre, si... tendre, Louis... il est... magnifique... la maladie rend peut-être les êtres plus... vrais, plus... intenses, plus... attendrissants». Lou découvre en Louis une tendresse, une «humanité» dont je ne lui avais pas parlé – du moins, pas de façon explicite, lui semble-t-il – dans mes lettres.
Lou ne bafouille plus. Malgré son excitation, elle est intarissable, et je me rends compte qu'à chaque frémissement de sa voix mon univers s'effondre un peu plus...

Elle m'a quittée. S'est rapprochée de celui qui, d'habitude, aime tant que je lui parle, que je m'occupe de lui. «Ma tendre Lou», si étrangère tout à coup. Les petits mots doux qui sortent de ma bouche sonnent faux. Fuir

son regard, détourner la tête, empoigner les bols, oui, fuir pour cacher mon désarroi. Mon visage se crispe. Le rictus sur ma joue gauche, je le sens.
«On nous réclame au salon.»
Je me referme comme une huître.

Jalouse, oui, je suis jalouse de l'émotion – tendresse, désir, amour même, c'est sûrement possible – qu'elle éprouve à ce moment précis, jalouse de son bonheur, plus profond que le mien, jalouse de celui qu'elle fait naître dans les yeux de Louis – Louis plus drôle, plus volubile, plus vivant que d'habitude, qui met quelques secondes, ça me frappe, à retirer sa main de la taille de Lou à la fin de chaque danse, qui la retient –, jalouse de ce talent qu'elle a d'être si naturellement sensible au désir de l'autre, si curieuse, si humaine, elle aussi, de s'oublier en quelque sorte, ou plutôt de se retrouver au plus près d'elle-même, en s'intéressant pour vrai à... l'autre, à celui qui va... mourir.
La jalousie, la distance, la froideur... Je suis exclue. Une rage en moi, que je ne veux pas entendre, se cherche une forme, un visage.

Pour moi toute seule, «Louis va mourir». Dans le salon du chalet de ma tante, ce samedi du mois d'août, la phrase sonne creux. Louis danse avec Lou, Louis est radieux. Son t-shirt blanc et le corps de Lou camouflent bien les lignes violacées de son torse, et la peau bronzée de ses bras, de son cou, de son visage, illumine.

L'été se poursuit, puis l'été s'achève.

Louis a dû quitter la campagne, trois ou quatre jours après la venue de Lou, à cause des traitements de plus en plus nombreux et de l'épuisement. «Louis est faible, il a beaucoup maigri, il n'est plus que l'ombre de lui-même», a dit sa mère à la mienne. Les leucocytes ont proliféré à une vitesse folle, se moquant des substances chimiques qui devaient les anéantir.

«Le cancer, ça pardonne rarement», dit ma mère.

Louis va mourir.

Dans une lettre, pleine de douceur et de gravité, qui précède de peu mon retour à la ville, parmi les phrases déjà entendues, «je suis faible... je suis seul... j'ai beaucoup maigri... je ne pourrai pas retourner au collège à l'automne», il me demande si j'irai lui rendre visite en septembre.

Je crois me souvenir que nous y sommes allées, une fois, une seule, Lou et moi, en octobre ou en novembre.

Lou

Nous nous prenions par la main. Derrière nous, dans un trou d'enfance, nous avons laissé des dizaines de réconciliations, parmi les cailloux blancs et les peluches usées. Nous ignorerions encore longtemps cette vérité, une existence ne touche à une autre que par un tout petit fil.

Louise Dupré,
La Memoria

Lou. L'amie, la sœur.

S'appelait Anouk dans *La Promeneuse et l'oiseau*. S'appelait Lou dans *Le Cri*.

Elle apparaît dans ma vie, au hasard d'une photographie prise au parc Lafontaine, Lou et moi aux deux extrémités de l'image, nos mères entre nous, l'année où je suis devenue orpheline. Un dimanche ensoleillé de juin. Des amis communs présentent sa mère à la mienne. Ils disent «vous serez bientôt des p'tites voisines... des p'tites amies», en se penchant vers Lou et moi. Sa mère à qui on a déjà raconté la maladie de mon père, sa fin, notre effondrement, pose son regard sur la mienne, «je sais... on m'a raconté».

La mère, l'enfant, fragiles. Ce jour-là encore, je suis orpheline.

Le temps passe. Lou et moi, chaque jour ensemble, chez elle, chez moi, ou dans la cour de gravier derrière nos maisons, ou à l'école, ou au parc Lafontaine, avec son père.

Lou et moi, liées. Sœurs de sang.

Un jour, nous collons l'un sur l'autre nos index légèrement coupés. «Pour l'éternité.» Comme dans un film espagnol. Nous serons deux, à la vie et à la mort.

À deux, c'est plus facile. Nos mères le savent déjà.

Nous nous ressemblons, Lou et moi. La nostalgie facile. L'âme à fleur de peau. Des secrets et des rêves. Des cahiers noirs, chacune le nôtre, dans lesquels nous notons avec minutie nos peurs, nos colères, nos cris, la montée imprévisible de nos larmes, nos mystères, l'avenir. Certains jours, nous nous inventons une vie de femme, naïves et indécentes, assises dans l'escalier extérieur qui mène chez Lou. Une vie où l'avenir est permis: aimer, travailler, créer, voyager. Oui, voir le monde. Vivre pour vrai, en somme. Loin du plateau Mont-Royal.

Le passé sape le futur, nous le pressentons. Déjà notre mémoire est engorgée par la peur. Il n'y a plus de place, en elle, pour autre chose, pour quelque chose de neuf. Nous aurions beau rêver jour et nuit, cramponnées aux marches de l'escalier extérieur qui mène chez Lou, nous ne pourrions sans doute rien contre ce qui mine les assises mêmes du rêve. À quoi ressemble la vie, une fois traversé le parc Lafontaine, une fois éloignées de nos mères? Nous mettrons du temps à l'apprendre. La vie devant nous. Tant d'obscurité. Tant de futur impalpable, déjà empoisonné.

Le temps passe. Nos têtes pleines de pensées, pleines de questions. «Des grandes filles maintenant», dit ma mère quand elle parle de nous.

Avec Lou.

Un soir, à treize ou quatorze ans, nous gardons les enfants de ma tante qui habite maintenant son propre appartement. À deux coins de rue des nôtres. Nous avons des heures et des heures devant nous, des chips et du chocolat, des devoirs, des leçons. L'envie d'être ensemble, à l'abri du monde, d'oublier que nous sommes «des grandes filles maintenant», lorsque la lumière du dehors baisse peu à peu.

Il fait de plus en plus noir.

Assise dans le salon de ma tante, Lou n'est plus qu'une silhouette de profil qui se découpe sur fond de mur. Mais le son de sa voix, si familier, je le distingue nettement de tous les autres qui s'infiltrent dans la maison. À mes oreilles, il est inoubliable. Si Lou me quittait un jour, je pourrais finir à la longue par oublier son visage, ses gestes, sa démarche, il me semble pourtant que je continuerais d'entendre sa voix, une voix rapide au rythme souvent heurté. Lou, elle, prétend le contraire, elle dit que c'est précisément la voix qu'on oublie le plus vite. En ce qui la concerne, la règle ne s'applique pas.

Avant d'allumer la lampe de coin, nous examinons les ombres qui strient la moquette en laine, moelleuse, sur laquelle nous aimons marcher pieds nus. De la moquette, il n'y en a pas chez nous.

«C'est si doux… si sensuel dans le noir», dit Lou.

Les soirs où je garde, seule, les enfants de ma tante, je ne laisse pas les ombres s'introduire dans la pièce, baissant les stores bien avant la noirceur, car, je le sais, il y a belle lurette que les souvenirs cauteleux s'y sont camouflés. Il ne me viendrait pas à l'idée de jouer au plus fin avec ce qui risque de m'effrayer.

À deux, c'est plus facile. À deux, on se sent audacieuses et aériennes, on arrive à se jouer des fantômes, à les défier.

Le soir, la nuit, la complicité.

Minuit déjà. Le temps a passé vite.

La nuit a ce pouvoir de nous faire dériver, Lou et moi, tantôt vers les souvenirs, tantôt vers l'espoir. Dans le grain de nos voix passe une nostalgie que nous ne parvenons jamais à dissimuler tout à fait. Qui marque jusqu'à nos fous rires. Il y a trop d'insistance en eux, une sorte d'émotion exacerbée, venue de loin, qui nous gêne. Nous le savons, mais nous évitons d'en parler. Au moment où ça se produit, nous évitons même de nous regarder dans les yeux, passant vite à autre chose.

Minuit déjà. Nous avons jasé de tout et de rien; échangé des propos de petites filles bavardes, tout à fait inoffensifs, par pur plaisir, juste pour les entendre se répercuter dans le salon de ma tante, loin de nous, comme dans un théâtre, et juste pour avoir la chance d'en rire avec une légère inconvenance; ouvert et fermé la télé, à plusieurs reprises, jusqu'à ce qu'un film – dont j'oublie le titre – nous retienne, accrochées à lui, toutes les deux dans la peau de l'héroïne amoureuse d'un homme qu'elle surnomme «Doudou».

Après, la question vient, insiste. Nous nous la posons, avec un demi-sourire, malgré sa gravité. Est-ce qu'un Doudou pourra un jour écarter de nous la tristesse? Est-ce que quelqu'un, un jour, pourra nous consoler, effacer les marques de l'enfance ou simplement les recouvrir, par amour, comme on dit? Nous avons des rêves et des espoirs un peu flous, mais aucune réponse, et le goût d'un Bonheur agile, orienté vers la lumière.

Le ton de Lou s'allège pour vrai, «je nous imagine... une p'tite maison de banlieue, un p'tit jardin, un Doudou et une ribambelle d'enfants surexcités, affamés, qui courent n'importe où... leurs mains toutes crottées tâtant les murs, leurs pieds pleins de boue sur notre beau tapis moelleux... des enfants qui se chicanent... qui crient... qui hurlent... "maman... maman..." pendant qu'on est en train de laver le prélart de la cuisine ou d'épousseter les meubles... les lampes... les bibelots...»

Lou délire à voix haute.

«Arrête... t'es complètement folle...»

Nous rions très fort.

Nos rêves sont flous, nous le savons; ils se transforment au fil des jours, se contredisent parfois, mais nous savons déjà, c'est sûr et certain, que celui-là n'en fera jamais partie.

Lou glisse sa main au fond de son sac. En sort un livre. Celui dont elle m'a parlé la veille, *Les Fleurs du mal.*

Elle le traîne partout avec elle, comme un objet dangereux qu'on doit cacher au fond de son sac. Elle ne l'a ni lu ni feuilleté encore. «Nos mères ne doivent pas savoir», dit-elle, ses yeux fixés sur le mur, évitant de surprendre mon regard à la fois hésitant et curieux, qu'elle connaît bien, ses mains posées sur la couverture, la palpant à la manière d'une aveugle, aiguisant par son geste ma curiosité. Au fond de moi, la même rengaine, une petite voix reprend «ma mère ne doit pas savoir», tentant par là de contrecarrer mon indomptable besoin d'aveu.

Les Fleurs du mal, à cause de la sœur aînée de Lou.

Côte à côte, sur l'une des causeuses du salon, le livre entre nos quatre mains, ma tentation l'emporte, j'en oublie le visage de ma mère, le mensonge et les remords à venir. Nous le parcourons, fébriles, Lou et moi, lisant quelques vers sur une page, puis sur une autre, cherchant, sans vraiment trouver, où se cache le mal. Nous souhaitions autre chose, je suppose. Une obscénité évidente. Quelque chose d'excitant qui nous fasse frissonner. À tour de rôle, *Une charogne, Chanson d'après-midi, Le Vin des amants, Le Balcon, La Chevelure*. Nous récitons à voix haute – comme le fait, certaines nuits, la sœur de Lou, pour Lou toute seule, pour la faire rire –, déclamant chaque poème, en variant le ton, changeant un mot ici et là, insistant avec lourdeur sur la rime. Riant. Parfois très fort. En quête de réconfort, nous nous oublions.

Des petites filles avec des intuitions de femmes.

Avec ce décalage, ce demi-ton trop haut, cette fausseté de ma connivence quand la nuit devient plus profonde, que nos rires s'espacent, que la sœur aînée de Lou existe trop fort en moi. Entre nous. Avec ses livres et ses poèmes qu'elle recopie sur de beaux papiers. La sœur de Lou. Si attentive aux mots. Aux objets. À Lou. Son corps, sa pensée, sa voix de femme libre jusque dans le corps, la pensée, la voix de Lou. Sa tête droite, son port de reine, quand elle revient de l'école, marchant rue Marie-Anne, puis rue Fabre, dans son manteau de cuir rouge, nous précédant Lou et moi, pressant le pas. Nous abandonnant derrière elle. Parce que je suis là.

Puis... sa bouche... sa bouche collée contre l'oreille de Lou, certaines nuits, pour lui raconter le monde. Celui, si mystérieux, que ne connaissent pas nos mères. Que je ne connais pas. Par bribes seulement, à travers la voix de Lou.

De plus en plus forcés, mes rires.

Ma peur réapparaît, fait de l'ombre autour de moi.

Oui, j'ai peur. Mais je n'en ose pas l'aveu. Si équivoque, cette peur dans laquelle se mêlent toutes les autres, la nuit... vieillir... seule... inconsolable... perdre ma mère... perdre Lou... me perdre... et ce vers lancinant *Ô douleur! ô douleur! Le Temps mange la vie.*

Il est tard. Il faudrait tout remettre en ordre, bien empiler nos livres et nos cahiers sur la table du salon, ramasser les verres et les bols, les porter à la cuisine, éteindre les lampes, nous installer, chacune dans sa causeuse,

inconfortable, nos corps recroquevillés de grandes filles, nos jambes repliées, nos mains cachées entre nos cuisses, nos cheveux se touchant à l'angle des causeuses.
Nos rêves se touchant presque.
Il faudrait dormir. Essayer de dormir.

C'est la vraie nuit.
Nous ne dormons pas. Dans le noir, quelque chose s'est bloqué, le Bonheur s'est ébréché. Je n'arrive plus à entendre les petits bruits de la maison. La sœur de Lou, mon silence, ma peur survoltent mon cerveau. Pour moi seule, «je mens, je suis fausse».
Je me tais.
Le corps de Lou bouge, à quelques pouces du mien, se déplie avec lenteur. Son bras s'étire, s'allonge. Sa main jusqu'à mes cheveux. Sa main les effleure du bout des doigts. Son souffle, sa bouche collée contre mon oreille, ses mots émouvants, elle récite par cœur, avec quelque chose de velouté dans le ton, *Ma sœur, côte à côte nageant, / nous fuirons sans repos ni trêves / Vers le paradis de mes rêves.*
«Pour l'éternité, c'est juré», dans la voix inoubliable de Lou.
L'évidence est là, entre nous. Avouée.
Oui, te perdre... j'ai peur, Lou.

Dans le noir, le désir nous rapproche. Nous sommes de nouveau liées. Vulnérables à l'excès, nous ne pourrions prétendre le contraire, et néanmoins liées l'une à l'autre.

Pour l'éternité. À deux, c'est plus facile. On se sent moins lourdes, on ne peut pas couler à pic sans s'en rendre compte. La gravité s'est réinstallée en nous, malgré nos mains caressantes. L'éternité a fait rejaillir le monstre qu'on ne peut pas ne pas voir. Devant nous, vieillir, vivre seule, mourir petit à petit. Nos peurs vont et viennent de sa bouche à la mienne. Nous enfoncent loin dans le noir.

Nous n'avons pas de réponse.

Étrange conversation de nuit, sans étoiles, où nos mots mêlés à nos étreintes nous ramènent vers l'enfance, le bercement, la mère de Lou, la mienne, leur opacité fondue dans la nôtre, ce qui se défait en elles, leurs rêves, leur passé, leurs voix douloureuses qui cognent fort, vite captées par nos oreilles, nos pores, nos cœurs de petites filles vulnérables aux voix de leurs mères, aux intentions obscures dissimulées dans le grain de leurs voix. Leurs frayeurs nous habitent, s'infiltrent dans nos mots contaminés par leur langue maternelle.

Il n'y a plus de frontière entre nos mères et nous.

Je cherche la clarté auprès de Lou.

Nous ne dormons pas. Nos mères continuent de parler. La mort est une icône qui nous pourchasse, depuis toutes petites, bien avant notre première rencontre, bien avant notre naissance, lorsque leur propre enfance habitait encore les voix de nos mères.

Une médaille de la Vierge, pendue à notre cou.

Nos quatre mains nouées, nous les regardons, sans vraiment les voir, ces mains intactes, sans aucune ride ni tache de son, et nous immortalisons cet instant, évoquant une autre scène, future, celle de nos quatre mains ridées et tachées de vieilles dames, renouées dans vingt ou trente ans, et nous jurons de vieillir ensemble, côte à côte, de veiller l'une sur l'autre.

L'une et l'autre, plus petites et plus craintives, plus apeurées qu'aujourd'hui, est-ce possible?

«Nous serons là ensemble», nous le disons, le répétons.

À trente, quarante, soixante ans... Jusqu'au dernier jour. Jusqu'au dernier souffle. La mort au bout. En même temps.

L'autre père

le poème guide la marche
en chaque ligne surgie du noir
toute la peau se pose poussière
et sourdine la danseuse le père
suspendent leurs gestes dans l'espace

Paul Chanel Malenfant,
Voix transitoires

Je suis installée à Paris pour quelques semaines.

À la radio, dans le dépouillement du lieu, on joue ce soir *Choses vues à droite et à gauche sans lunettes* d'Erik Satie, et ma pensée voltige dans l'air du lieu. Me mettre à danser; inventer, pour moi seule, un mouvement de mémoire autrement qu'avec les mots, qui ce soir résistent; sentir ce mouvement monter de mes pieds à mes chevilles, à mes mollets, à mes hanches, puis plus haut encore jusqu'à mon cou, jusqu'à ma tête. Jusqu'à ce qu'il m'apparaisse évident que la nudité de ce lieu appelait justement ce mouvement, mouvement de mémoire, improvisation du corps et du désir autour de quelques pas de base, c'est-à-dire déplacement de la pensée vers le corps, c'est-à-dire irradiation de la pensée à travers le corps tout entier et forcément, au bout du compte, fusion lumineuse des pas et des pensées.

Satie, la danse, la mémoire, les mots...

Tard ce soir-là, au bord du lac Maskinongé, j'ai quatorze ou quinze ans, et nous dansons, mon oncle et moi. La musique, les ballons dans les arbres et sur la plage, les feux de Bengale, les fous rires, l'alcool, c'est encore l'été, malgré la fin du mois d'août, et c'est la fête.

«Un anniversaire de mariage, ça se fête.»

C'est ce qu'on répète autour de moi depuis le matin, depuis l'arrivée des parents, des amis. On a besoin de le répéter sur tous les tons, d'entendre ces mots-là virevolter dans l'air, dans le trop chaud soleil de ce dernier samedi du mois d'août et, plus tard, dans la chaleur qui insiste, qui colle à la peau, qui donne soif, qui soûle.

«Une autre bière, Henri.»

Puis une autre, puis une autre, entre deux plongées dans l'eau huileuse du lac. À la recherche de quelque fiction équivoque. On arrive encore à s'écarter au bon moment du signe avant-coureur. Le gouffre. Et la détresse virevolte dans l'air avant de se glisser au milieu des eaux. On quitte une chaleur pour une autre, mais on sera fatalement, à un moment ou à un autre, ramené au bord. À soi. Corps de noyé étendu sur la plage, surpris de nouveau par la lumière.

«Apportes-en une autre, Henri», pendant que tout le monde navigue entre deux eaux.

Dans ma famille, on se dorlote les uns les autres, les jours de fête, car on a peur. Que le soir tombe, que la nuit survienne trop tôt, que ça s'arrête, la musique, les ballons, les feux, les rires, l'alcool. On a peur de tout, d'être seul surtout, «de finir seul», comme dit ma mère, et on se dorlote pour oublier qu'on a peur. Pour oublier que ça va finir un jour. Car on le sait que ça va finir un jour, et peut-être beaucoup plus tôt qu'on ne l'espérerait; car on est vulnérable dans ma famille, et on le sait; car on a fini par s'habituer à l'apparition sournoise de la mort. Chaque fois insolente, la mort cogne dur, frappe sans prévenir.

Les trous dans la carapace que laissent, derrière elles, les âmes voyageuses, on ne réussit plus à les compter.

Les jours de fête, on voudrait agir comme si de rien n'était, on se laisse gagner par l'innocence, mais on parle fort, on chante fort et on danse, une bière ou un gin-tonic à la main.

Tard ce soir-là, tandis que la fête se prolonge, nous dansons, mon oncle et moi, et mon oncle chantonne, ses pas maladroits, sa bouche entrouverte sur ses dents blanches de dentiste, sa voix, l'humour irrésistible de sa voix dans mes cheveux, cette connivence entre nous, ce grain de folie que je reconnais, qui m'émeut, qui me fait sourire.

Qui d'habitude me donne des ailes.

Or, pour nous deux, tard ce soir-là, ça vire vite à la nostalgie, l'humour fuit entre deux pas de danse. Mon pied gauche en suspens au-dessus du sol, je vois venir ce qui vient et, soudain, je deviens une femme dans les bras de mon oncle, une femme grave, celle qui a vu venir, qui sait. Cassandre. Les âmes voyageuses se sont ramassées ici et rôdent autour de nous, et je les flaire, comme jamais auparavant. Sans doute ont-elles pris l'initiative de s'inviter à la fête et les voilà maintenant qui se faufilent parmi nous, font l'impossible pour passer inaperçues entre tous ces corps qui tanguent, remplis de soleil, de chaleur et de bière. Les âmes voyageuses cherchent des proies faciles, fragiles, gagnées d'avance, sensibles à l'odeur sournoise qui émane d'elles, de la mort en elles, capiteuse, nous reconnaissent, mon oncle et moi, bien que perdus au milieu de tous, anonymes, et nous rattrapent entre deux pas de danse.

«Je ne veux pas que ça finisse...»
Sa tête penche, tantôt d'un côté, tantôt de l'autre, mollement roule, perchée au bout de son long corps maladroit, sa tête va et vient sur mes joues, se mêle à mes cheveux, et sa voix se métamorphose, et le grain âcre de sa voix me pénètre, se répand à l'intérieur de moi.

«Je ne veux pas que ça finisse... tu comprends ça... toi?»
Je ne réponds pas.
Je le regarde dans les yeux, avec un reste de sourire, et les âmes voyageuses exhalent leur odeur fauve autour de nous; je le regarde, attendrie, effrayée, comme une femme observe un homme qui a peur, heureuse d'avoir été choisie, malgré mon effroi, et nous continuons de danser, et je l'aime, avec toute l'ambiguïté de mes quatorze ou quinze ans.

«Ta tante... les enfants... la vie... moi... tout ça... je ne veux pas que ça finisse... je ne veux pas mourir... je veux... l'éternité... tu comprends? Tu comprends ça... toi?»
Je ne réponds pas.

Comme lui, j'ai peur, je ne sais pas jongler avec l'éternité.

Je suis orpheline depuis toujours, me semble-t-il, et cet oncle est ma folie. Toujours il dérange, comme un enfant qui invente, déplaçant légèrement l'ordre des choses, pour le pur plaisir de déplacer, sous le regard rigide des autres, l'ordre des choses, pour voir aussi, juste pour voir si la terre aura l'audace de se mettre à trembler, à s'ouvrir; de courir à sa perte. Toujours il commente la vie à sa manière, surprenante. Dans le triangle – maison, école, église – où l'humanité est en ordre, il fait tache.

«Pas devant les enfants...»

Ma tante, ma mère aussi parfois, le réprimande, mais mon oncle continue d'exister à sa guise, souriant, insoumis. Comme s'il croyait que le sens de la vie, de sa vie, ne pouvait jaillir que du désordre ou de la dérision souriante, ou plutôt comme s'il n'avait pas eu d'enfance. L'idée de la fin lui apparaissant tout à fait incongrue, inadmissible, il choisit de camoufler son besoin de consolation sous des dehors d'enfant insolent, ébranlé par la moindre caresse.

C'est l'autre père de la maison, l'étranger, le père vivant, celui des enfants de ma tante. Celui que je choisis, jour après jour, parce qu'il est là, si proche, parce qu'il m'est offert, à moi, l'autre enfant de la maison, l'aînée, «la plus vieille», comme on dit, et surtout parce que, inconsciemment sans doute, cette enfant si raisonnable, «la plus vieille», a choisi un jour... la vie, le père vivant, insoumis, contre l'âme voyageuse, le corps inaccessible de l'absent.

Grâce à lui, jour après jour, le monde rigide se déplace, bouge autour de moi, fait un pas à gauche, puis un autre, puis un autre encore, chaque fois à gauche, une accumulation de faux pas qui m'éloignent de la mort; du moins, à ce moment-là, c'est ce que je veux croire.

Mon oncle a ce pouvoir de franchir, avec les mots, les mots simplement, ce qui fait sourciller ma mère et ma tante, les obstacles qui lui barrent la route; ce pouvoir d'ouvrir la langue à l'imprévu, de l'amener du côté de cette lumière louche, interdite, qui pourrait faire vaciller le monde, cette lumière qu'on ne voit pas d'ici, qu'on pressent, qu'on imagine à travers sa voix, se levant au loin sur des chemins de traverse.

Autour de moi, il est le seul à oser nommer la mort.

«Je ne veux pas que ça finisse...»

J'ai quatorze ou quinze ans et, moi non plus, je ne veux pas que ça finisse. Il le sait. Et il insiste, tard ce soir-là, il insiste parce qu'il le sait, parce que, entre nous, il n'y a pas de faux-fuyant.

Nous pourrions danser toute la nuit, le Bonheur ne viendrait pas à la rescousse de la mort.

Mon oncle, mon semblable, mon frère.

Après, quand la vie se sera arrêtée, il n'y aura plus rien, l'espoir s'en sera allé. Les âmes voyageuses sont un leurre, nous le savons tous les deux, du moins, nous le pressentons. Mais nous nous taisons, nous taisons cette vérité entre nous et nous dansons, une dernière danse avant la fin.

«Oui, une p'tite dernière avant la fin...»

Il n'y a pas d'éternité, et un dernier blues s'évanouit au-dessus de l'eau noire du lac.

À la radio, le concert Satie se poursuit: *Les Aventures de Mercure, Danse gothique, Avant-dernières pensées*...

L'eau noire du lac se confond cette nuit avec les eaux d'un fleuve étranger. Cet ailleurs sans cesse refusé, sans cesse inquiétant de l'enfance. Je suis seule cette nuit, j'ai choisi de vivre seule ici, quelque temps, pour regarder de près les effets de la solitude sur le corps et la pensée, pour arriver à comprendre comment cette solitude se joue de la vie, de ma vie, maintenant qu'il n'y a plus d'éternité; comment elle peut se prêter à plein de fantaisies, effrayant au passage les malentendus héréditaires; comment, au bout du compte, elle me donne l'audace de m'attarder, l'air de rien, sur certaines avant-dernières pensées laissées dans l'ombre.

J'ai choisi de vivre seule ici, avec une extrême intention de présence, avec aussi cette nostalgie irrésistible qui me vient de si loin, plus forte que mon désir, que l'élan de mon désir, et qui se pose, écran stratégique, devant ce fleuve étranger que mon oncle n'aura jamais vu.

Je suis seule.

Et il pourrait m'arriver, un jour, de finir seule.

Élisabeth

à force de soupirer dans l'envers
du pire et du rire
j'entends le son majeur
de la langue deux fois plus vaste que demain
j'entends la folie de vie se soulever
je touche à tout ce qui respire
vite à cause de la peur
à cause des pensées emportées
par le bruit des naissances

Nicole Brossard,
Vertige de l'avant-scène

Je ne verrai jamais Élisabeth. Elle restera pour moi un prénom – tellement plus exotique, à l'époque, que Denise, Louise, Lise, Nicole ou Micheline –, un visage un peu flou sur quelques photographies en noir et blanc, des mots, beaucoup de mots, une écriture déliée et ronde, si personnelle déjà – «si originale», disait ma mère –, et une adresse.

Vinarville
Par Épernon
Eure et Loir
FRANCE

Plusieurs années après nos dernières lettres, je fais mon premier voyage en France. Je me rends jusqu'à Vinarville. La campagne profonde, le bout du monde camouflé sous des centaines d'arbres. L'enfance d'Élisabeth.

Ce sont des hommes, attablés à la terrasse d'un bistrot, près de l'église, comme dans les films, avec le même accent, le même chapeau, le même regard et les mêmes gestes, qui m'indiquent l'endroit précis où se trouve sa maison, cinq ou six bras tendus, cinq ou six index pointés comme des flèches, «tout en haut là-bas, la dernière, à côté du grand tilleul argenté, le plus impressionnant de la région, vous ne pouvez pas la rater». Je souris, malgré cette tristesse sans fond qui m'accompagne depuis quelque temps, oui, je souris à la fois étonnée et émue. Les mots d'Élisabeth, lointains, tout à fait oubliés, remontent avec force en moi.

«Le tilleul argenté est en fleurs», m'écrivait-elle, à chaque printemps. Je savais alors que les fleurs odorantes exhalaient leur parfum jusque dans sa «chambre située à l'étage, à gauche, du côté du tilleul argenté».

Je l'aperçois de loin. Il n'est plus en fleurs au mois d'août. Puis, devant moi, la maison d'Élisabeth. Au bout d'une petite rue sinueuse, qui monte en effet, bordée de façades de pierre, appuyées les unes contre les autres, avec des fenêtres grandes ouvertes, sans moustiquaire. Puis sa mère quand la porte s'ouvre. Une femme minuscule, vêtue de noir, alors que la mienne est enfin passée à des verts et des mauves, ses cheveux gris relevés en chignon, comme sur l'une des photographies, ses yeux si pâles qu'on les croirait en train de s'effacer. Puis sa sœur aînée, qui porte le même prénom que moi, aussi blonde que dans les lettres.

«Élisabeth vous a écrit», me dit-elle.
«Élisabeth est à Bordeaux, avec son mari... à l'autre bout de la France», me dit sa mère, pointant du doigt un lieu vague qui s'évanouit de l'autre côté de la fenêtre. Elle insiste «là-bas, loin, tout en bas de la France». Comme si on pouvait se rendre jusqu'ici sans savoir où se trouve

Bordeaux. Comme si je ne venais pas, moi-même, du bout du monde. Avec un mari, moi aussi, et un enfant qui commencera bientôt à bouger dans mon ventre. Je me tais, si sensible à cet instant aux voix, aux lieux, aux odeurs, aux objets, tâchant plutôt de faire coïncider la vraie vie d'Élisabeth avec les mots qu'elle avait utilisés pendant tant d'années pour la décrire, faire naître en moi des images. Inédites.

Qui l'emporteront toujours, aujourd'hui encore, sur ce que j'aurai réellement vu, ce jour-là.

L'une et l'autre, pourtant timides, m'observent avec une curiosité qu'elles réussissent mal à dissimuler, m'offrent une chaise, du thé, un jus de fruits, des cerises, des petits gâteaux au beurre – une recette insérée un jour dans une lettre –, me racontent à bâtons rompus la nouvelle vie d'Élisabeth. Son mariage avec «un homme de la mer», naviguant une grande partie de l'année, sa solitude enfin comblée par une petite fille, Léa, qui aura bientôt trois ans.

Élisabeth en avait dix ou onze, au début de notre correspondance. Dans son premier envoi, une photographie de famille, prise devant le tilleul argenté, et une carte postale de Vinarville à vol d'oiseau. Du cinéma.

La mère et la sœur, assises devant moi.

La sœur, plus curieuse que la mère, ayant déjà lu mes lettres sans doute, me connaissant déjà, en tout cas, beaucoup mieux que la mère, cherchant à emmagasiner le plus d'images, de gestes, d'impressions possible. Ses yeux allant et venant de mes cheveux, que je porte courts cet été-là, à mes bagues, à mon sac de toile noire, à mon jean, à mon regard. Ses yeux et ses oreilles cherchant à tout retenir. Il faudra qu'elle en rende compte un jour. Avec précision. Car, la précision, c'était la grande qualité des lettres d'Élisabeth, et une telle facilité à décrire, à commenter toute chose avec des mots justes, quelquefois rares, que je lui enviais tant à l'époque. J'avais le sentiment qu'on ne s'exprimait pas toujours dans la même langue.

Je prenais des heures, des jours à lui répondre. Le dictionnaire à portée de ma main. Y fouillant mille fois plus souvent pour lui écrire que pour rédiger une composition.

Mal à l'aise dans ma langue. Inconfortable déjà.

Vinarville, le 25 septembre 1958
[...]
J'ai passé trois jours à Paris avec ma sœur, chez une amie à elle, qui habite rue de la Roquette, sur la rive droite, dans le 11ᵉ arrondissement. Pas très loin de l'ange de la Bastille. C'était mon premier voyage à Paris. Cette ville m'a éblouie: les ponts, les quais, la Seine illuminée par les bateaux-mouches quand il fait presque nuit, un arbre magnifique avec ses milliers de petites feuilles (j'en glisse une dans l'enveloppe), un ginkgo bilobé, «l'arbre aux quarante écus», ainsi qu'on le précise sur la plaque du Jardin des plantes, le musée du Louvre, Notre-Dame-de-Paris, avec sa flèche noire, ses rosaces et ses arcs-boutants semblables à des tentacules. En la voyant, j'ai pensé à toi, à cause de ton travail de recherche sur les cathé-

drales gothiques. Est-ce que tu as reçu le livre que je t'ai envoyé, il y a un mois? Est-ce qu'il t'a été utile? J'ai choisi celui-là, plutôt qu'un autre que ma sœur me conseillait d'acheter, parce qu'on y trouve des illustrations en couleur des grandes cathédrales de France. En le feuilletant, je me disais que j'aimerais un jour les visiter toutes. Or, dans ce livre, ce sont celles de Chartres et d'Amiens qui m'ont le plus impressionnée. Et toi, lesquelles choisirais-tu? Notre première rencontre, un beau jour de printemps, pourrait peut-être avoir lieu sur le parvis de l'une d'elles. C'est une belle idée, non?

Le soir de notre arrivée, nous sommes allées au cinéma, à Saint-Germain-des-Prés, sur la rive gauche, le lieu des écrivains et des artistes, où nous avons vu un film d'Alain Resnais, Hiroshima, mon amour. *En fait, c'était la raison principale de notre voyage à Paris. Ma sœur en rêvait depuis des jours. Dans le journal, on en disait beaucoup de bien, on écrivait qu'il s'agissait d'un film «sur la mémoire et sur la guerre», d'un film «étrangement beau et douloureusement amoureux». L'histoire? Elle n'est pas facile à résumer et surtout elle ne rend pas compte de la complexité des émotions qui imprègnent les images. Une Française et un Japonais se rencontrent et tombent amoureux, mais leur brève rencontre fait remonter en eux des souvenirs déchirants qu'elle a vécus à Nevers avec un soldat allemand, pendant la guerre, qu'il a vécus, seul, à Hiroshima. La voix de la comédienne, Emmanuelle Riva, nous a bouleversées, toutes les trois, «une voix sourde, une voix de mémoire», a dit l'amie de ma sœur. Moi, c'est son rythme lent, syncopé, et sa tristesse qui m'ont émue. J'aimerais que tu voies ce film un jour et que tu m'en parles.*

Ma sœur s'intéresse au cinéma; plus tard, elle veut devenir scénariste. Elle prétend que les mots se présentent toujours à elle, accolés à des images qui sont déjà en mouvement. Parfois, le soir, elle me raconte son nouveau scénario, insistant sur les déplacements de la caméra, sur les gros plans qui lui semblent toujours essentiels – «comme dans la Jeanne d'Arc *de Carl Dreyer», ajoute-t-elle, à chaque fois – et sur les changements d'éclairage. «La vérité est là, il n'y a que là qu'on puisse la dénicher avec autant de justesse, tu comprends?» me répète-t-elle, à toutes les quatre ou cinq phrases. J'essaie de la suivre bien que, par moments, je me perde dans les méandres de sa narration.*

C'est Marguerite Duras qui a écrit le scénario du film de Resnais. Est-ce que tu la connais? Elle est romancière. Dramaturge aussi, je crois. À Paris, ma sœur a acheté l'un de ses romans, Un barrage contre le Pacifique. *J'y reviendrai dans ma prochaine lettre.*

[...]

ton amie Élisabeth

Je ne connaissais ni Carl Dreyer, ni Marguerite Duras, ni Alain Resnais, ni Emmanuelle Riva. Et je n'avais pas de sœur, sauf Lou, ma sœur choisie, déménagée en banlieue depuis quelques mois. Et personne ne me racontait de scénario le soir avant que je m'endorme. Et je venais tout juste de découvrir, dans la section des noms propres de mon dictionnaire Larousse, où se trouve Nevers. Et la feuille du ginkgo bilobé ressemblait, pour moi, à un éventail japonais miniature. J'arrivais mal à en imaginer des milliers sur un seul arbre.

En lisant ses lettres, j'avais l'impression d'entrer dans un univers de fiction. En fait, à cette époque, je découvrais le monde, le vaste monde, dans les livres, dont certains appartenaient à la sœur de Lou; dans le dictionnaire Larousse et l'encyclopédie Grolier que ma mère avait achetés, quelques mois auparavant, pour moi, son «enfant studieuse», et dans les lettres d'Élisabeth.

Notre correspondance sera achevée depuis longtemps, lorsque je découvrirai les mots de Marguerite Duras, ses livres et ses films, et l'inévitable retour à la douleur de l'enfance, à cet inconsolable de l'enfance, qu'elle évoque si souvent, là où toute écriture devrait, selon elle, prendre sa source.

Ça me rassurera.

Oui, un jour, écrire pour voir, juste pour voir, car il n'y aura jamais de guérison miraculeuse.

Hiroshima, mon amour vient d'arriver à Montréal.

On en discute partout. Sur plusieurs lèvres suspicieuses, à peine entrouvertes, passe et repasse le mot *obscène*, tandis que les yeux, eux, s'arrondissent. Je découvre alors que Montréal n'est pas Paris. Que je ne suis pas Élisabeth. Où commence le mal? Où finit le bien? Je ne le sais pas. L'amour, la chair, le désir, Dieu? Il y a tant de murs de ce côté-ci du monde. Dans ma vie, la liberté a pris la forme d'un oiseau et d'une statue, la mort n'est pas une question mais une absence... temporaire, et le bien et le mal sont irréconciliables. Comme le démon et l'ange. L'ange opiniâtre de la Loi se tenait là, debout devant moi, quand je suis née.

En fait, je vis dans un monde de réponses, un monde qui a besoin de certitudes. Qui tiendront du miracle, s'il le faut.

Lorsque je tente d'expliquer à Élisabeth qu'on veut censurer le film, faire disparaître la longue scène amoureuse – «érotique», a dit un membre du Bureau de la censure à la télévision hier soir, «érotique», a-t-il insisté, en découpant violemment le mot – sur laquelle s'ouvre le film, je comprends que je fais partie d'un autre monde que le sien. Ma lettre est confuse, porteuse de tous les doutes qui m'accaparent de plus en plus, que je m'entête, d'ordinaire, à refouler en moi, loin de cette lueur qui me donnerait accès aux bruits du monde, mais doutes que je dénie, parce qu'il le faut, parce que la pureté est une exigence lourde de conséquences, les uns après les autres, sur les mêmes pages. Je lui envoie des mots insensés dans lesquels ciel et terre, rêve et réalité, vérité et mensonge, mémoire et avenir se confondent. À l'abri de toute révélation, mes mots se dérobent à la vie.

En gros plan dans ma tête, la bouche du membre du Bureau de la censure a quelque chose de hideux. Je n'arrive pas à m'en défaire. Obscènes, cette lèvre supérieure charnue, cette moue dédaigneuse et ces dents qui vont en tous sens.

«Élisabeth, j'aurais envie d'être une autre, alors je m'esquive, alors je rêve.»

La seule phrase juste qui lui permettrait de se retrouver dans ce fouillis, je n'ose pas l'écrire. Ma «voix de mémoire», dirait l'amie de sa sœur, ne me l'autorise pas. Pas encore. C'est la voix de la censure. Une voix dont je ne veux pas vraiment me déprendre. J'ai trop peur du vertige pour aller jusqu'au bout de moi-même et j'avance dans la vie comme dans cette lettre, en zigzaguant, en rabâchant des histoires mi-vraies, mi-fausses, qui ne sont pas compromettantes, de sorte qu'elles immobilisent l'espoir au moment où il pourrait avoir envie de prendre la fuite.

L'espoir est là, à portée de ma main. Du moins, c'est ce que je m'obstine à croire. Dans le noir le plus total.

«Élisabeth, je ne veux pas que ça finisse. Je veux... l'éternité... tu comprends? Les anges roses qui, d'habitude, m'accompagnent... ne répondent plus à l'appel.»

Ces phrases-là non plus, je ne les lui envoie pas.

La peur du vertige et de la dilution, Élisabeth...

Je l'éprouve encore le jour où je marche dans Vinarville sur la route sinueuse qui monte jusque chez toi. Puis dans ta maison, lorsque ta mère et ta sœur sont assises devant moi, épiant chacun de mes gestes.

Mariée et presque mère, je m'avoue la vérité: je suis enveloppée depuis l'enfance par des ténèbres qui me coupent de la vraie vie. Je suis déjà dans un linceul. En moi et tout autour, Élisabeth, ça sent la mort. Une autre femme m'accompagne, plus réelle et plus têtue que moi, contre laquelle je ne peux rien, une femme de mémoire et de deuil, une femme étranglée qui fait semblant d'être vivante. Qui se joue de ma fragilité. Sa plainte parle plus fort que la mienne. Je ne la refuse plus, je la laisse déferler en moi, répandre sa douleur jusque dans chaque recoin de mon être.

Peut-être un jour... son cri sortira-t-il, cri fou, plus fou que celui de ma mère une fin d'après-midi de juillet, au bord du lac Maskinongé, plus vrai que ma peur.

Le *Stabat Mater* de Pergolèse dont tu m'avais parlé dans une lettre, est-ce que tu t'en souviens, Élisabeth? Et du poète Jacopone da Todi? Tu connaissais tout. Après la lecture de chacune de tes lettres, j'étais convaincue que le monde t'appartenait.

Debout, la mère se tenait là, douloureuse.

Je ne saurai jamais, si ta sœur t'a raconté, à ton retour de Bordeaux, les images de tristesse qu'elle avait vues bouger sous ses yeux – du vrai cinéma –, images que je ne parvenais plus à chasser, à cette époque de ma vie, qui me suivaient où que j'aille, qui occupaient tout mon temps. Elles n'étaient comparables, bien sûr, ni à celles de Nevers ni à celles d'Hiroshima. C'étaient les images sans envergure de ma petite histoire intime, de patientes stratégies du souvenir.

Mais elles m'étouffaient, Élisabeth.

Est-ce que tu comprends ça... toi?

La guerre que je n'ai jamais connue, c'est en moi qu'elle avait lieu. Sournoise. Sans fureur, sans fusil, quasiment sans bruit. Avec des victimes qui continuent à parler, à s'agiter. Et personne autour pour me réconcilier avec moi-même. Apparemment vivante, et posant parfois des gestes de vivante, j'étais en quelque sorte passée du côté des âmes voyageuses. Leurs chants de sirènes m'avaient happée au passage, entraînée avec elles, et elles avaient éloigné l'autre voix, celle à travers laquelle, à quatorze ou quinze ans, j'étais parvenue, certains jours du moins, à envisager une éclaircie. Je faisais partie de leur clan et semblais accepter d'instinct cet état de fait.

Impuissante à enrayer le mal, je sentais avec effroi que le petit cœur qui commençait à battre en moi, au même rythme fou que le mien, comme par à-coups, aurait à lutter de toutes ses forces pour ne pas être emporté par mes courants sous-marins. Y parviendrait-il? J'allais donner naissance à un enfant piégé d'avance par la logique tenace de l'hérédité, petite âme errante qui aurait à se débattre seule, sans aucun secours contre la mort, et je n'y pouvais rien. Je lui refuserais même un jour, j'en étais sûre, le faux, le dangereux réconfort des bercements.

Surtout ça, je le lui refuserais.

Il m'arrivait certaines nuits de rêver, oh! quelle douceur de pouvoir rêver, Élisabeth, de me laisser porter par des images rassérénantes, d'inventer, à cet enfant, une vie future, tout en souplesse, qui me faisait du bien. Je le voyais pour vrai, à vingt ou vingt-cinq ans, debout devant moi, empoignant la réalité avec un beau sourire, son grand corps de tendresse, curieusement allégé, ses mains, ses bras généreux, largement ouverts sur le monde, libres de toute attache, et je m'entendais lui dire «ça va, mon grand, nous avons gagné, tu as survécu au désastre, tu es fort, tu es vivant... relancé pour l'éternité, cette *nouvelle* éternité qui n'a rien d'extravagant ni d'illusoire, qu'on accepte de vivre de ce côté-ci du monde, avançant parmi d'autres vivants vulnérables, lucides et lumineux, dans le tumulte et le brouillard des choses réelles».

Un mouvement rapide balayait les images de mon rêve; la fiction ne durait pas, ne collait pas, s'embrouillait vite et disparaissait. Ne restait que la mémoire d'un vaste plan d'ensemble noirci par l'insoutenable présent, comme dans *L'Homme-Atlantique* de Duras.

Je m'accrochais en vain à cette *géographie de la nuit*.

Puis je l'oubliais. Jusqu'à ce qu'une autre nuit je sois de nouveau saisie par les images du rêve et leur fulgurance.

Oui, Élisabeth, *Debout, la mère se tenait là, douloureuse...*
Est-ce qu'il t'est arrivé, à toi aussi, de la voir quand l'homme de la mer s'en allait au loin, te laissait seule pendant des mois, et que tu te penchais vers Léa, avançant fragile vers la fragilité de son âme, dont tu étais pourtant responsable, vers son corps d'enfant à la merci de ta propre détresse? Est-ce qu'il t'est arrivé de croire que vous n'aviez

aucune chance de vous en sortir, Léa et toi, que le réconfort était un mot vide, que dans ta solitude, les forces en présence étant inégales, la mort l'emporterait toujours?

Toi qui connaissais tout, Élisabeth, du moins je le pensais à l'époque, as-tu éprouvé cette sorte de mal qui annihile le moindre espoir, la moindre intention de lumière, et ne nous propose que son désenchantement? Réduite à presque rien, la vie, des miettes, des scories, quand les ténèbres se liguent contre nous, quand c'est toujours la nuit.

J'aimerais savoir que je n'ai pas été seule à mourir chaque jour. Désormais incapable de vivre machinalement ni même de faire semblant. Prise par la nuit, tandis que tout brûlait sous le soleil de tous les midis du monde.

Lorsque je suis entrée dans ta maison, Élisabeth, j'avais la certitude, et c'était bien là ma seule certitude, que le Bonheur ne pouvait plus rien, ni pour ni contre moi.

Le frère

Je nous voyais immobiles et parfaits, défendus par notre petit nombre dans notre maison exiguë. Je sentais alentour un silence infini. Soudain, je me mis à pleurer avec cette abondance de larmes qui me caractérise.
— Qu'y a-t-il donc?, demanda ma mère.
Puis les yeux de tous s'embuèrent.

Mario Luzi,
Trames

Ce silence que je perçois – saisi par moi seule, j'en suis sûre –, derrière ses mots, dans sa voix, dans sa façon d'en exagérer le ton, quand il dit «*notre* mère». Ça me surprend chaque fois. Je n'arrive pas à m'y faire.

J'ai longtemps cru que cette mère-là ne pouvait être qu'à moi.

Plus tard, j'ai pensé que «*notre* mère», toujours installée par lui dans le présent de notre vie, détachée en somme de cette espèce de famille, de cet étrange trio que nous avions formé pendant quelques années, après le départ de la famille de ma tante, détachée surtout de l'événement-clé de notre vie à tous les trois, événement beaucoup plus lointain celui-là, ne suffisait pas. Il aurait fallu, me semblait-il, qu'il ajoutât quelque chose d'autre quand il parlait d'elle et, en quelque sorte, de nous.

Maintenant je sais ou, du moins, je crois savoir. Pour que le nœud se dénoue dans ma gorge, j'aurais envie que mon frère crie. Comme moi. Qu'il écrive à mes côtés ou, mieux encore, à ma place. En son propre nom, en disant «je», en disant «*ma* mère».

Envie qu'il me raconte son histoire. Une histoire qui commencerait par cette phrase *Je n'ai pas eu d'enfance.*

Qui est-il? À quoi pense-t-il? À quoi rêve-t-il?
Il m'arrive de croire que je n'ai eu ni père ni frère.

Je ne connais rien de lui, rien de sa mémoire de petit garçon de onze ans, brutalement coupé de son père, de sa mère, de sa petite sœur, très vite placé, après l'épisode de la mort de son père, dans un collège de campagne, isolé, au bout du monde, loin des caresses et des bercements, tout près des chiffres et des prières, effleuré une ou deux fois peut-être par la grâce, comme François dans *Le Torrent*.

Chaque été, au moment des vacances – nous n'aurons jamais le même âge, ni la même histoire ni les mêmes rêves, nous le savons –, nous restons à distance l'un de l'autre. Timides. Étrangers l'un à l'autre. Même assis face à face, *notre* mère entre nous, à l'heure des repas, au moment où physiquement la vie nous rapproche. Malgré nos mots qui se croisent au-dessus de la table. Mon frère veut grandir, vite, devenir un homme. Riche et puissant, je suppose, à la manière des autres hommes. Je ne lui parle jamais de la mort. *Notre* père, l'unique souvenir que nous avons en commun, reste muet, nous ne l'évoquerons jamais ensemble.

Tard le soir, je l'entends rêver à voix haute, dans la cuisine, décrire sa vie future avec force détails, scandant chacune de ses phrases avec un «maman», quasi suppliant, le petit garçon réclamant, exigeant l'approbation de sa mère. Ses mots se répandent dans la cuisine, et ses rêves bourdonneront longtemps à mes oreilles.

Les mots de mon frère. Oui, envie qu'il écrive à ma place.
Je me pencherais, audacieuse, au-dessus de son épaule, pour suivre le tracé inédit de sa tristesse. Tristesse d'homme, qui me rend à la fois curieuse et vibrante parce que, d'une certaine manière, elle me concerne. Oui, je fais partie de cette tristesse que j'imagine plus lourde que la mienne, plus inhabitable.
À cause de son vêtement de silence.
Mon frère a les yeux bleus de mon père et de l'oncle Bernard, des yeux qui s'embrouillent facilement de larmes, avec collés, derrière ses rétines, des souvenirs. Intouchables. Je ne suis pas la seule à souffrir. La mémoire peut exister ailleurs, dans une autre chair que la mienne, exiger, selon ce qui lui convient, un signe de reconnaissance. Chez lui aussi, il y a de l'inconsolable. Les larmes, le discours secret, discret des larmes que nous ne pouvons pas retenir.
C'est là notre vraie complicité.

Lorsque j'écris, j'invente.
Un épais brouillard de tristesse s'est accumulé sous sa peau, petit à petit, depuis ce jour de ses onze ans, puis s'est fragmenté, s'insinuant par petites plaques jusque

dans ses artères. Jusqu'à l'étouffement. Jusqu'à cette nécessaire intervention.

Et la terre d'un seul coup se fend. Les âmes voyageuses de *notre* mère, qu'on croyait à jamais disparues, refont surface, attirées par l'obscurité soudaine du présent, flairant déjà le mouvement irréversible du malheur et préparant dans l'ombre le ravissement d'un autre corps.

La douleur s'étale dans une chambre verte d'où nous sommes exclues, ma mère et moi. Le temps tourne sur lui-même, présent suspendu sans image future. Le mot *souvenir* est à bannir. Surtout qu'il n'entre pas ici, ce serait la catastrophe, qu'il ne se faufile pas jusque dans la salle d'opération. Surtout que *notre* mère au bord d'un nouveau précipice ne confonde pas ses chagrins.

Un matin de décembre, la poitrine ouverte de mon frère sur la table, l'espace démesuré de la blessure qu'on ne voyait pas, le vide, le sang, son cœur battant à côté de lui, greffé à des machines – «son père n'aura pas eu cette chance», dit-on –, sa vie en suspens au-dessus du gouffre, pendant qu'on tente de remettre de l'ordre dans son corps où l'obscurité de la tristesse a fait tant de ravages.

«On ne meurt plus quotidiennement de ce mal, maman.»

À l'extérieur de la chambre, les secondes interminables retiennent les images. Avec éclat. Que va-t-il advenir? On voudrait pouvoir l'imaginer. On voudrait répondre à sa mère «devant il y a la vie, juste la vie, et rien d'autre».

On voudrait que les mots, telle une armée, se massent devant le mal et le repoussent.

Dehors il neige. Ma mère et moi, impuissantes. Avec nos larmes, tant de larmes. Notre manière d'aimer.

Cependant c'est encore moi qui écris; de la fiction, puisqu'il le faut. Moi qui cherche à donner du sens à un mal qui n'en a pas. Comme s'il devait y avoir quelque part dans ma langue, à défaut de la sienne, une réponse à la douleur, au discours trop secret de nos larmes, à ce silence qui tient à distance la tristesse de l'autre.

1960

Vincent Van Gogh

*Demain la culture entamée se dira
puisque tu marches et planétaire
chaque pays ressemble ainsi visité
à un livre ouvert à son récit
ton œil quand tu dis
«vis l'étonnement»*

Hugues Corriveau,
Ce qui importe

1960. Une année dont on parle aujourd'hui dans les livres d'histoire, qui marque une rupture, la fin d'un long repli, d'une absence, presque d'une schizophrénie, et qui porte en elle... l'avenir. La vie enfin, accessible, aventureuse. L'euphorie. En quelques années, on passera par miracle de l'ombre à la lumière. On deviendra des êtres vivants. Or, en 1960, on ne le sait pas. Sauf peut-être ceux qui ont lu les poètes et traversé avec eux les ténèbres, les poursuivant jusqu'au *tombeau des rois*, avant de voir poindre, au bout du tunnel, une éclaircie.

En 1960, j'ai quinze ans.
Je suis une adolescente sérieuse, qui ne s'intéresse qu'aux choses sérieuses. Qui le prétend, du moins. Qui n'a plus envie de vivre coincée, à l'intérieur d'un monde petit, petit, petit, mais qui hurle encore «maman», la nuit, en secret, quand la terre s'ouvre sous ses pieds, même quand elle fait semblant. L'adolescente sérieuse aspire à une autre vie, détachée des exigences quotidiennes et de la mémoire, qu'elle vivrait ailleurs, à sa façon, à son désir, chaque jour variable, dans la beauté adoucissante, croit-elle, de la littérature et de l'art, «parce qu'elle aime les livres et qu'elle a une âme d'artiste», c'est ce que répète sa mère, sans oser penser ni à l'arrachement ni à la déchirure. Avec son âme d'artiste, sans cesse attirée par les

voix réconfortantes, elle avance, chaque jour un peu plus, vers son désir. Comme vers un rêve. Sans conséquence dans sa vie réelle, immédiate. Elle continue de nager entre deux eaux, le regard braqué vers le fond, elle y tient, le fond, telle une ancre qui la relie aux choses réelles, préférant ses images de la lumière à la lumière elle-même.

Beaucoup plus tard, je la retrouverai, presque intacte, assise entre deux chaises, se cherchant un équilibre, une *place*, héroïne des romans d'Annie Ernaux.

On est en 1960, je crois. Le Musée des beaux-arts de Montréal annonce une exposition Van Gogh. Tout le monde en parle, et on a l'impression que tout le monde la verra. Nous la verrons, nous aussi, Lou et moi, sans doute plus alléchées au départ par l'oreille coupée et la couronne aux bougies allumées que le peintre portait, un soir de grand délire, du moins, c'est ce qu'on a dit à la télévision, que par les œuvres. Mais «l'exposition Van Gogh», ça fait sérieux.

«L'exposition Van Gogh? Ma fille l'a vue.»

«Sa fille l'a vue.»

On vous regarde autrement, après.

Dans mon souvenir, c'est le printemps, et «je m'en vais au Musée des beaux-arts», je me le redis, en marchant avec Lou, vers l'ouest, sur la rue Sherbrooke.

J'aime la phrase, avec le mot *Musée* au beau milieu de l'enchaînement sonore, le mot *Musée* comme un château longtemps inaccessible, rempli de parfums exotiques, vers lequel j'avance, et l'image, l'image extravagante qu'elle me renvoie de moi-même. Une adolescente sérieuse s'en va au Musée, ses cheveux droits tombant sur un pull noir, trop grand pour elle, sa démarche en apparence désinvolte, malgré le léger malaise qu'elle redoute plus qu'elle ne le ressent, qu'elle associe dans sa tête à la nouveauté de l'aventure. Une gêne la tiraille, que personne ne pourrait soupçonner. Pas même sa mère. Pas même Lou, initiée à ce qui est exceptionnel, différent de sa vie ordinaire, aux personnages de Saint-Germain-des-Prés ou de la Casa Pedro, à leurs idées et à leurs œuvres bizarres, par sa sœur qui connaît l'art, la littérature, la philosophie, qui a tout lu, tout vu, et qui la pousse vers l'inconnu, en lui chuchotant le mot de passe à l'oreille.

Lou va vers la nouveauté, comme vers un monde à sa portée, compréhensible, déjà apprivoisé par cette sœur aimée qui, chaque nuit, dort dans le même lit qu'elle.

À l'entrée du Musée, une image que j'ai du mal à chasser, pourtant fugitive, me prend au dépourvu. L'*Autoportrait à l'oreille coupée*, vaguement regardé un jour dans le livre de la sœur de Lou, et le visage de l'adolescente sérieuse, embarrassée par sa gêne, plus concrète que tout à l'heure, qui entre au Musée, se superposent, l'un et l'autre grotesques, hideux, métamorphosés, l'espace d'un instant, par les effets de transparence de l'image.

Je ferme les yeux. Le trou noir.

«Ils jouent», comme cet après-midi de mars, dans la clinique de la rue Laurier. Frileuse, je pourrais trébucher, m'enfoncer.

Je ne connais ni les animaux, ni les arbres, ni les fleurs, hormis les fleurs banales, les roses, que je mettrai du temps à apprivoiser, à cause de leur odeur qui embaume les salons funéraires, les œillets, le lilas, les pissenlits et le muguet, celui du premier mai qu'Élisabeth avait un jour inséré dans une lettre.

Ici, comme l'indiquent les titres des peintures, inscrits sur de petits cartons fixés au mur, il y a des iris, des coquelicots, des tournesols, de la vigne rouge, des épis verts... et des jardins, et des oliviers, et des cyprès, et des tilleuls, et des lauriers-roses, et des sous-bois, et des champs de blé au-dessus desquels tournoient des corbeaux menaçants. Surtout des taches de couleurs vives, exagérément jaunes, ou ocre, ou orangées, ou vertes, des petits tas lumineux, sur des fonds très sombres, d'un bleu indigo, d'un bleu violacé ou d'un bleu noir. Quand on s'en approche, l'image fout le camp. Il n'y a plus ni fleurs ni arbres. Que des pâtés et des éclaboussures qui me donnent le vertige.

Je serais tentée de glisser à l'oreille de Lou que les formes sont si maladroites qu'on dirait des dessins d'enfant, oui, des gribouillages, mais je me tais. Je ne vois que des lignes brisées, de délirantes oppositions de couleur, des taches folles qui embrouillent tout. Je me tais, concentrée sur les têtes et les boules jaunes de *La Salle de danse*, parce que je suis au Musée et que dans un musée on doit admirer, sans rien comprendre.

Est-ce que les iris ressemblent à des iris, les coquelicots à des coquelicots? Je ne le sais pas. J'ai appris le mot *cyprès*, il y a quelques semaines, quand sœur Jeanne – qui nous entretenait de la mort et du deuil, et des mots qui les évoquaient, et de l'extraordinaire puissance métaphorique de certains vocables – a cité le vers de Corneille, *J'irai sous mes cyprès accabler ses lauriers*. «Ce vers que tout le monde connaît», a-t-elle ajouté.

Je ne connaissais ni le vers ni le mot.

Du coin de l'œil, j'observe les gens qui s'immobilisent devant un tableau, qui ont l'air absorbés par ce qu'ils voient. Parfois leur tête se tourne un peu vers la droite ou vers la gauche, s'avance ou s'éloigne, détachée de leur corps immobile, leur tête curieuse, *studieuse*, c'est le mot qui me vient, en train d'apprendre par cœur chaque détail de l'image. Comme s'ils devaient en rendre compte, répondre à un questionnaire d'examen, à leur sortie du Musée. Plus rien n'existe autour d'eux, je pourrais les dévisager à mon aise sans qu'ils s'en aperçoivent. Et l'idée me vient, idée absurde, qu'ils sont en train de lire le tableau. Comme un livre. Et l'idée poursuit son petit bonhomme de chemin... puis oblique... me fait sourire au-dedans... un livre en chinois.

Une langue que je ne connais pas.

C'est gravement beau, dans la voix d'un homme, debout derrière moi.

Je reste immobile, devant l'*Église d'Auvers-sur-Oise*, les yeux rivés sur le personnage en bas à gauche – une femme vue de dos, contournant l'église tout en vitraux, ses pieds qu'on ne voit pas, éclipsés, avalés par le jaune – pour me donner une contenance. Je ne bouge pas, je reste à l'affût, avec l'intention d'attraper au vol tout ce qui passe. La voix se rapproche de moi. L'homme s'adresse à une femme, la sienne peut-être, qui répond «oui», à ce qui ne me semblait pas vraiment une question, avant d'ajouter «ici, l'angoisse se cristallise... dans le trait, dans la brisure... de la ligne». L'homme chuchote quelques mots que je n'entends pas, qui s'envolent dans l'air du Musée. Je saisis cependant, parce que leurs échanges sont de plus en plus nombreux, qu'il s'agissait d'une citation, d'une phrase tirée d'une des lettres de Vincent à Théo, qu'elle a lues, qu'il est en train de lire. Ils ont vu l'église d'Auvers, la vraie, et les champs de blé, et le cimetière «presque dérisoire», à deux pas de l'église. Je comprends alors qu'ils évoquent des souvenirs qu'ils n'ont pas vécus ensemble, c'était il y a longtemps, pour l'un autant que pour l'autre. Ils se rappellent, à tour de rôle, le lierre en forme de lit, *«un lit vert,* comme chez Rimbaud», dit la femme, juste au-dessous des noms de Vincent et de Théo, gravés dans la pierre, et l'épaisse muraille qui encercle le cimetière.

L'homme et la femme, attendris par leurs souvenirs.

Auvers-sur-Oise existe, c'est un lieu réel, avec une église où l'on va, où l'on prie, où l'on dit la messe, je suppose, des champs de blé, à perte de vue, et un cimetière presque dérisoire, où l'on enterre les peintres. L'un et l'autre disent «Vincent», disent «Théo». Ils semblent les avoir connus personnellement.

J'ignore qui est Théo.

Je l'apprendrai, un peu plus tard, devant *La Chambre de Vincent à Arles*, quand je rapporterai à Lou des bribes de la conversation qu'elle n'a pas entendue, parce que nous étions trop loin l'une de l'autre, à ce moment-là; quand j'oserai lui demander, mine de rien, entre deux phrases assez anodines, si sa sœur a lu les lettres que Vincent écrivait à Théo.

«À son frère? Oh! oui...»

Ce mot *frère* me prend par surprise, je ne l'attendais pas. Pas ici, pas dans un musée. C'est bête, cette réalité pourtant si naturelle, un frère, un père, une mère... et des tantes, et des oncles, et Vincent Van Gogh allant à l'école, et Vincent Van Gogh disant «maman... j'ai mal aux dents», et Vincent Van Gogh à cinq ans, à dix ans, à quinze ans, me semble tout à coup saugrenue. Peut-être n'ai-je voulu retenir que les images du dictionnaire Larousse, ces femmes tout en rondeurs, ces amoureuses souvent lascives, étendues sur un canapé de velours bourgogne, leur peau blanche et presque nue, qui inspirent les grands, les vrais artistes.

«Qu'est-ce que tu contemples comme ça?»

Je me retourne vers Lou avec brusquerie. Mal à l'aise, je dis «...la chambre». Une réponse improvisée...

n'importe laquelle... je ne choisis pas... j'invente... le désordre de la chambre, les meubles qui tombent en ruines, les tableaux qui penchent, la saleté que j'imagine, incrustée au fond du tiroir, la poussière, les couleurs blafardes, les lignes folles, qui vont en tous sens... et j'entends, malgré la main de Lou, posée sur sa bouche pour refréner l'éclat de son rire, «si ta mère voyait ça». Un peu ahurie, je la regarde droit dans les yeux, je mets du temps à comprendre et, à mon tour, ma main posée sur ma bouche, «oui, si ma mère voyait ça». À cette seconde-là, c'est plus fort que nous, nous nous oublions, pareilles à des petites filles laissées à elles-mêmes dans la cour d'école ou ailleurs, des petites filles sans aucune retenue, indécentes, qui se moquent de tout, parce qu'elles sont deux, parce qu'à deux c'est plus facile. Nos éclats de rire partout dans l'air du Musée me soulagent d'un poids trop lourd.

Tout le monde nous observe. Tout le monde s'est tu. On se croirait dans une église, là où rire est péché.

«On nous regarde, je crois», murmure Lou, puis elle file en douce, la tête tournée vers la gauche, fixant le mur, une ligne imaginaire sur le mur qu'elle ne quitte pas des yeux, fuyant les regards, me fuyant.

À distance l'une de l'autre, nous sommes redevenues des adolescentes sérieuses, et les chuchotements et les pas ont repris leur place dans l'air du Musée. La vie normale s'est réinstallée autour de nous. Je n'ai pas bougé. Pendant que Lou fuyait vers le tableau suivant, je suis restée là, immobile.

Face à *La Chambre de Vincent*. Au désordre des lignes que j'essaie de suivre du regard, de lire, ou du moins de faire semblant; des lignes de plus en plus floues, de plus en plus aberrantes, sur lesquelles je finis par me perdre. «Oui, si ma mère voyait ça»... ça me revient... ça lancine... petite phrase nue, sans bravade, dépouillée de nos rires... ça virevolte dans ma tête... sur le fond indigo du *Champ de blé aux corbeaux* qui ne m'a pas quittée, qui m'a poursuivie jusqu'ici, déposant, l'espace d'un court instant, sa couleur menaçante dans la chambre.

Puis les chaises, le lit, la commode resurgissent dans le tableau. La tache rouge sur le lit, j'essaie de m'y accrocher. D'oublier un désordre qui ne subsiste que dans ma tête. Ici, sauf les lignes, l'univers est en ordre. Mes yeux attirés hors du cadre, ailleurs, se posent sur l'étiquette fixée au mur.

Une chambre, un prénom.

C'est tout à fait naturel que Vincent ait une chambre à lui. Un lieu apaisant où se poser, où se retrouver. L'artiste pénètre dans sa chambre après avoir travaillé, pendant des heures, dans les champs de blé et de coquelicots, derrière le cimetière – il doit bien y en avoir un en Arles aussi! –, et cette chambre exiguë, cette chambre qui penche lui appartient. Il dépose n'importe où, là où il le peut, son chevalet, ses toiles, ses brosses, ses tubes de peinture. Il lance son écharpe de laine et sa veste sur le lit ou la chaise, et occupe enfin son espace, à sa guise. Il pourrait se mettre à rire, à pleurer, à crier ou à divaguer, se mettre nu, si l'envie lui en prenait.

Dans ce lieu, il est chez lui, à sa place.

Personne d'autre que lui...

Moi, j'ai quinze ans, et je n'ai pas de chambre à moi, et je n'ai pas de lit à moi, et il n'y a pas de tableaux accrochés aux murs de nos quatre pièces, ni de fleurs dans les champs, ni même de champs autour de la maison, et je n'ai jamais vu de vrais cyprès, ni de vrais oliviers, et je ne peins pas, et je ne crie pas, et je rêve d'une autre vie... à moi... ailleurs... loin des bercements... loin... si loin... avec ma peur... plus forte que mon désir...

Avec ce vers de Racine, me martelant la cervelle, *Pour qui sont ces serpents qui sifflent sur vos têtes*. Oh! ce vers que je connais bien, si bien, depuis le cours de sœur Jeanne sur l'allitération.

Avec un cri au fond de moi qui ne peut pas sortir.

Une fois encore, la chambre de Vincent se défait sous mes yeux, s'effrite, disparaît. Vincent n'a plus de chambre. Ne reste qu'un fouillis de lignes et de couleurs, un tableau, de la peinture, comme l'*Église d'Auvers-sur-Oise* ou *La Nuit étoilée* suspendus ici, dans la grande salle du Musée. Qu'une violence déchaînée, lancée sur une toile brute. Et ça me vient comme ça, je ne sais d'où, ça insiste... l'idée que chaque peinture, ici, ressemble à un cri. Un cri indigo qui recouvre tout. Il n'y a plus ni chambre, ni église, ni nuit étoilée, ni corbeaux, et les iris ne sont plus des iris, bien que je n'en aie jamais vu, que je ne sache pas vraiment de quoi je parle. Ça n'a plus d'importance. Ici, la réalité des objets et des lieux se dissout sous le poids de l'angoisse.

On est ailleurs.

Là où l'espoir peut advenir. Au-dedans de sa propre peur et, du même coup, en dehors d'elle.

Nous prenons un café et une pâtisserie, Lou et moi, au *Pam-Pam*, un restaurant hongrois, rue Crescent, pas très loin du Musée, dont nous avait parlé la sœur de Lou. Autour de nous, des gens à l'allure inusitée, des vêtements excentriques, des bijoux, des langues étrangères, des odeurs de choucroute, de bière et de cigarette. Le *Pam-Pam* n'a rien à voir avec le snack-bar de la rue Papineau où, le vendredi soir après la partie de basket-ball, nous prenons un sundae aux fraises. Dans ce restaurant, tout peut arriver, nous continuons d'être ailleurs, comme au Musée, loin du parc Lafontaine, dans un roman qui aurait commencé rue Sherbrooke, trois heures plus tôt.

Nous ne sommes plus des petites filles. Sans que nous ne nous en apercevions, ni l'une ni l'autre, Lou m'a peut-être chuchoté à l'oreille le mot de passe.

À deux, c'est plus facile.

Face à face, nos coudes appuyés sur la table, nos corps se rapprochent, «on est bien ici». Oui, on est bien. Dans la griserie des odeurs, des gestes et des accents insolites. Oui, je suis bien, enivrée par des murmures dont l'exotisme ne m'effraie pas, du moins, pas autant que je ne l'aurais cru. Je suis passée, presque sans heurt, du côté de mon désir. Les rêves ne seraient donc pas si éloignés des choses réelles.

Un pont ou même une simple passerelle aura été construite pendant ma visite au Musée, qui me permettra d'accéder à la vie.

Entre deux gorgées de café, «il a partout un regard à la fois sombre et lumineux».

Lou commente les autoportraits de Van Gogh, si différents les uns des autres et pourtant si semblables. Oui, chaque fois, les mêmes yeux nous saisissent, nous scrutent et nous ramènent vers nous-mêmes. Des yeux pleins d'inquiétude, *égarés*, c'est le mot qui me vient, malgré le jaune et l'orange flamboyants du *Portrait de l'artiste par lui-même*, malgré cette façon qu'il a de vouloir tenir tête à ce qui s'effondre en lui. Des yeux égarés dont la folie se rapproche de la mienne, mais cette pensée qui me vient, une évidence tout à coup, me fait peur, j'essaie de la chasser. Ne pas m'aventurer dans ces eaux noires. Ce qui est tu n'effraie personne. Surtout ne pas la formuler à voix haute, cette pensée, ne pas éveiller les soupçons de Lou. Je dis plutôt «la chambre de Vincent... *sa* chambre», et nos éclats de rire, loin derrière nous, nous reviennent en mémoire. Un enfantillage. Nous n'en sommes plus là.

Je répète «la chambre de Vincent» pour parler à Lou de la mienne, celle dont je rêve de plus en plus souvent.

Nous ne sommes pas pressées. Nous reprendrons un café pour ne pas avoir à céder notre place, puisque des gens debout, massés à l'entrée, attendent qu'une table se libère. Nous n'avons pas envie de partir. Pas tout de suite.
«On reste... on est bien.» Oui, on est bien.
La passerelle a chassé ma peur.
Nous avons envie de continuer à vagabonder d'une œuvre à l'autre, les interprétant, les décortiquant de manière à ce qu'elles ne nous échappent pas. Dans la griserie de ce lieu étrange, déjà familier, qui nous donne des ailes. *À condition de retenir ce qu'on a vu, on n'est jamais vide, ni vraiment solitaire, ni jamais seul.* Lou se rappelle les mots d'une lettre de Vincent, que lui a répétés tant de fois sa sœur, ça lui est revenu comme ça, sans aucune hésitation, comme une prière, et j'enchaîne, surprise par le calme de ma pensée, sur l'harmonie des bleus dans *La Nuit étoilée*, une harmonie qui écarte de nous jusqu'à la sensation de la nuit, du vide que, sournoise, la nuit dépose en nous.

Nos phrases volent haut, nous entraînent loin, nous surprennent nous-mêmes, comme si nous étions capables tout à coup, Lou et moi, d'inventer l'impossible. Nous parlons beaucoup, avec une complicité touchante, sans doute fascinées par l'écho inhabituel de nos phrases, fascinées surtout par la facilité que nous avons, ce jour-là, de passer de l'art à la vie à l'art. Une lumière nous transfigure. Nous ne sommes plus nous-mêmes, la voix de la sœur de Lou s'est logée en nous.

Dans ce lieu, nous paraissons plus grandes et peut-être plus vraies, malgré l'exaltation de nos gestes.

« Chaque peinture est un cri... »
La phrase audacieuse est sortie comme ça, je ne peux pas la reprendre, et ma main gauche qui l'accompagnait de son signe, maintenant esseulée au-dessus du vide, se referme, en se retirant, et mes yeux trop sincères survolent l'espace, en quête d'un mur, d'un veston, d'une assiette, où se poser. Loin de condamner mon affirmation, Lou y souscrit, en rajoute, je suis rassurée. Elle avoue qu'elle a vu sa propre peur dans les yeux de Van Gogh. À la fois distante et familière. « Je l'ai vue comme mon visage quand je me regarde dans le miroir. » Lou a la voix souriante, malgré un reste d'inquiétude qui se balance sur ses lèvres. Sous mes yeux. En dépit des ténèbres, l'harmonie se prolonge entre nous, calmante, et le mal dont je souffre ne m'appartient pas en propre, et le mal dont je souffre est guérissable.
Oui, on est bien.
« Ton visage... mon visage... dans un musée. »
C'est sûrement ça.

L'angoisse est peinte sur une toile, où elle s'étale, où elle s'aggrave même, en déballant ses nuances les plus subtiles, les plus retorses, l'angoisse de l'autre, de tous les autres, qui ressemble à la nôtre, et on la reconnaît, la nôtre, parce que, soudain, tout en continuant de se débattre à l'intérieur, elle apparaît, hors de nous, dévoilée sur un mur, disséquée devant tout le monde. Inspectons-la, examinons-la à la loupe. Que rien, en elle, ne nous échappe. Sur une toile, jaillie de la couleur, elle ne peut agir qu'en complicité avec nous. «On pourrait finir par la comprendre, dit Lou, si on ne cherchait pas à l'éviter, si au contraire on s'y intéressait... on pourrait finir, c'est inévitable, par la voir autrement... par apprivoiser ce qu'elle cache de... rebelle... dans ses zones les plus effroyables.»

Je souris.

J'ai tellement besoin qu'elle ait raison, tellement besoin que ma peur soit habitable, que la lumière existe pour vrai, hors d'ici, qu'elle dure, qu'elle m'accompagne, rue Sherbrooke, sur le chemin du retour, qu'elle soit un petit ange, non pas à mes côtés mais devant moi, un petit ange que je nommerais Vincent, qui m'ouvrirait la voie, et que je suivrais... en aveugle. Jusque dans le tumulte des choses vivantes.

«On observerait alors sa peur, dit Lou, comme un insecte en captivité, mouche à feu ou papillon, avec le regard amoureux de l'entomologiste.»

C'est gravement beau.

Et, cette fois, c'est ma vraie voix que j'entends.

Table

Liminaire 11

À L'ORIGINE 13

LES PREMIÈRES MORTS
   Les anges roses 19
   Le petit mort 33
   Les amoureux 47
   La grand-mère 59
   Le père de Cécile 75

LA VIE QUOTIDIENNE
   Les grandes filles 87
   La Polonaise 97
   Le fiancé 109
   L'orpheline imaginaire 117
   La petite fille modèle 127
   L'étrangère 135
   L'oncle Bernard 145
   Louis 155

Lou 169
L'autre père 181
Élisabeth 191
Le frère 207

1960
Vincent Van Gogh 217

Intertexte

Roland Barthes	11
Philippe Forest	15
Anne Hébert	16
Jacques Doillon	23
Émile Nelligan	71, 72
Réjean Ducharme	72
Gabrielle Roy	150
Charles Baudelaire	177, 178
Luc Bureau	204
Anne Hébert	209, 210
Vincent Van Gogh	224, 231

Note

Des premières versions de certains chapitres ont été publiées dans *Mœbius*, n°s 69-70 et 78 («La Polonaise» et «Les grandes filles»), *Les Écrits*, n°s 88, 91 et 93 («L'autre père», «Le petit mort» et «L'orpheline imaginaire»), *XYZ*, n° 48 («Le fiancé»), *Arcade*, n° 39 («Le frère») et *Art Le Sabord*, n° 47 («L'étrangère»).

DATE DUE	
DEC 2 0 2016 TL	

orps 12,5
bec

neur
xagone.